南太平洋海戦後の昭和17年11月、第三艦隊司令長官となった小沢治三郎中将。空母瑞鶴に座乗、機動部隊の再建を開始した。いかつい面相から〝鬼がわら〟と渾名されるが、艦隊の幕僚にマンツーマンで自らの作戦思想や幕僚としての心構えを説く一面を見せたという。

昭和18年元旦、戦艦大和艦上における連合艦隊司令長官・山本五十六大将（前列中央）と幕僚たちの記念写真。山本の向かって左隣は連合艦隊参謀長・宇垣纏中将、前列右端は同主席参謀・黒島亀人大佐。

昭和17年秋ごろの空母瑞鶴。同年10月の南太平洋海戦においては米空母ホーネットを撃沈するなどの戦果をあげたものの、旗艦翔鶴は被弾して大破、瑞鶴も搭載機の多数を失うことになった。

瑞鶴飛行甲板上で発艦準備中の零戦と艦上機群。後方を航行するのは僚艦の翔鶴。瑞鶴航空隊はサンゴ海海戦、南太平洋海戦の空母戦を経験してその技量は頂点に達していたが、多くの搭乗員を喪失し、部隊再建ならびに搭乗員の育成などの事案が山積していた。

九七式艦上攻撃機の発着艦訓練を実施する瑞鶴。練度未熟の新任搭乗員に対して、同艦では高度な空母発着艦訓練に先駆けて陸上基地での初歩訓練が開始された。その際、訓練をめぐって古参と新任搭乗員間の確執も発生した。

昭和17年10月26日の南太平洋海戦当時、瑞鶴に着艦する九七式艦上攻撃機。内地に戻った同艦は新任の航空要員着任と同時に内海で猛訓練を開始した。

米軍に完全占領された直後のガダルカナル島クルツ岬。昭和18年1月の撮影。同年1月下旬から2月上旬にかけて日本軍撤収「ケ号作戦」が実施された。

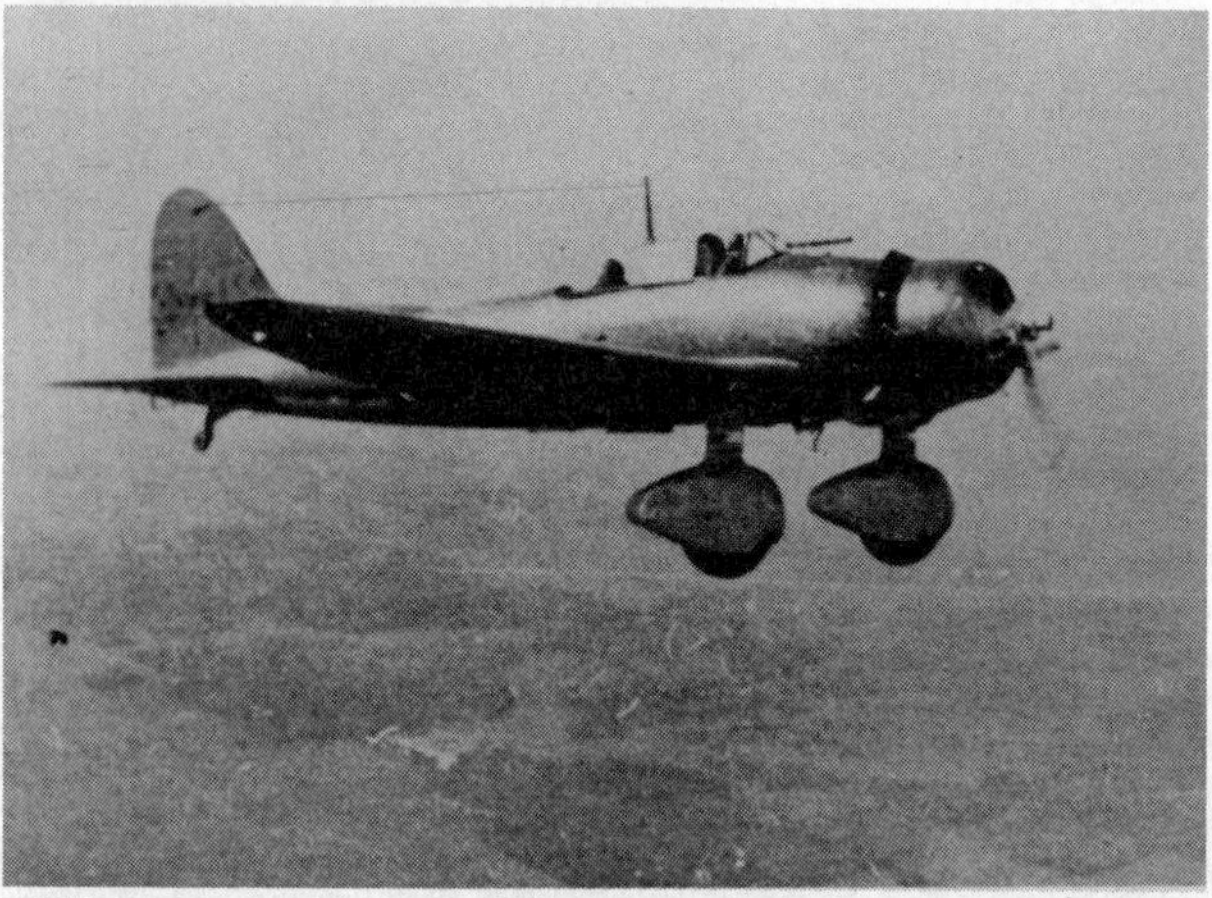

瑞鶴がガダルカナル島の陸軍部隊撤収作戦支援の際に出撃させたのと同型の九九式艦上爆撃機。呉軍港よりトラック島に進出した瑞鶴は全飛行機隊をラバウル基地に配備した。日本軍の撤収を阻止する米軍に対し航空戦が展開された。

空母瑞鶴ソロモン前線へ——目次

［空母瑞鶴戦史］ラバウル航空撃滅戦①

第一部　提督小沢治三郎と山本五十六

第一章　〝鬼がわら〟と呼ばれた男

第二章　男たちの新生瑞鶴

写真提供／雑誌「丸」編集部

マーシャル諸島
ルオット
クェゼリン
メジュロ
ヤルート
エンダービー
メレヨン
トラック
ポナペ
東カロリン諸島
マキン
太　平　洋
ギルバート諸島
ナウル
オーシャン
アドミラルティー諸島
マヌス島
ニューハノーバー島
カビエン
ニューアイルランド島
ウェワク
ビスマルク諸島
ラバウル
ニューギニア
ブーゲンビル島
ソロモン諸島
ブイン
ラエ
サラモア
ニューブリテン島
チョイセル島
フィンシュハーフェン
イサベル島
ニュージョージア島
ブナ
ポートモレスビー
マライタ島
ガダルカナル島
サマライ
サンクリストバル島
ヌデニ島
サンタクルーズ諸島
レンネル島
サンゴ海
エスピリツサント島
ニューヘブライズ諸島
エファテ島
タウンズビル
ニューカレドニア島
ヌーメア
豪州
ブリスベーン
南太平洋作戦関係要図

[空母瑞鶴戦史]ラバウル航空撃滅戦①

空母瑞鶴ソロモン前線へ

——蘇る精鋭 新生航空隊の戦い

第一部　提督小沢治三郎と山本五十六

第一章　〝鬼がわら〟と呼ばれた男

新長官着任す

1

日米開戦当初、真珠湾攻撃を南雲忠一中将に代わって小沢治三郎中将が指揮をとっていたら……。これは仮想の話ではない。当時、連合艦隊司令部には機動部隊長官に南雲中将でなく、小沢中将に交代させようという動きがあったのだ。

宇垣纏参謀長の日誌『戦藻録』にハワイ作戦の実施に南雲――草鹿参謀長コンビがあまりに不安がるので、いっそ両者を交替させ小沢治三郎に実施させようとした一件が記載されている。

「南雲長官、特別任務に対しては格段の心配の様なり。……あれも心配、之も気がかりにては戦は出来ぬなり。六〇％の成算あらば、不運なる場合の手だてを練り置きて、勇猛果敢、実行に当るべし」（昭和十六年十月三十日付）

作戦参謀三和義勇大佐がその急先鋒であった。三和参謀はミッドウェー海戦の敗北後も、第一航空艦隊司令部の改組を提言し、長官――参謀長の更迭人事を宇垣参謀長に直訴している。

開戦前、機動部隊長官候補には南雲忠一、小沢治三郎、大西瀧治郎、山口多聞などの将官がいたが、大西は真珠湾攻撃に反対、山口は兵学校四十期でまだ若い。小沢も南雲の一期下の同三十七期という序列で、艦隊派の嶋田海相、中原義正人事局長お気に入りの南雲忠一が第一航空艦隊司令長官のまま日米開戦に突入した。

だが、山本大将が強力に主張し、みずから企案した真珠湾攻撃を勇猛果敢で決断力に富む小沢治三郎に一任していれば、奇襲攻撃成功後の反覆攻撃、工廠施設の破壊、四五〇万バレルの石油貯蔵タンクの壊滅など、米側戦史家が、

「なぜ再攻撃しなかったのか」

と戦後も永く戦史のナゾとしているすべての案件をみごとに解決していたにちがいない。

また、インド洋機動作戦においても英空母ハーミスだけでなく、本隊の英戦艦部隊、空母フォーミダブル、同インドミタブルとの洋上決戦を実現させていただろうし、ミッドウェー海戦でも主力四空母喪失というぶざまな失態をさけえたであろう。

最高指揮官の的確な情勢判断と決断力さえあれば、少なくとも同海戦は互角、いやそれ以上の優位の戦闘が展開されていたはずである。

「兵術とは主義とか理論ではない」

「戦《いくさ》とは人格なり」

というのが小沢中将のモットーであり、戦場において積極果敢、精神において鋼鉄の意志がすべてに優先する。米国は提督ニミッツの指揮下にハルゼー、スプルーアンスと有能な指揮官を巧みに選出してきたが、日本海軍は年功序列型の平時の指揮官人事に固執してきた。

それに協調したのが山本五十六大将の日本型温情主義だが、南雲――草鹿コンビの〝ミッドウェーの仇を討つ〟南太平洋海戦成功後に、はじめて機動部隊長官にふさわしい人物が第三艦隊長官として登場してきたのだ。

むしろ、遅きに失したといわなければならない。

ミッドウェー海戦後に山本長官ははじめて小沢中将の起用を決断し、七月十四日付で南遣艦隊司令長官から軍令部出仕へと新長官の構想に着手し、南雲――草鹿コンビをいつでも更迭できるように中原人事局長に準備させていたのだ。

南太平洋海戦をおえて空母瑞鶴がトラック島泊地を出発し、呉軍港に帰着したのは一九四二年（昭和十七年）十一月九日のこと。同日午後四時には改造修理のためT桟橋に横づけされた。

乗員は三ヵ月ぶりの内地上陸が許可され、飛行機隊は新編成されると同時に佐伯航空隊基地に進出する予定だ。

二日後、小沢中将は第三艦隊司令長官に親補され、同月十七日付で南雲長官は佐世保鎮守府司令長官に、草鹿参謀長も横須賀航空隊司令に転出した。退任にあたって、南雲中将は「部下一般に訓示」としてつぎの一文を残している。

謹厳実直な性格だけに一字一句を自分でていねいに推敲したのであろう。文章は固く、いかにも軍政畑経験者らしく慣用句の羅列で、味がない。

「昨年四月、主として航空母艦群を以て第一航空艦隊を編成せらるるや、不肖其の司令長官に親補ノ光栄を忝《かたじけな》うし、爾来《じらい》諸士と共に戦時航空母艦群の威力発揮に努力し来り……」

と一航艦長官としての名誉を誇り、ハワイの太平洋艦隊の撃滅、その他各戦線での戦勝を列記するが、肝心のミッドウェー海戦の大敗戦にはいっさいふれず、第三艦隊長官として第二次ソロモン海戦、南太平洋海戦での勝利を誇らしげに語る。

「……之れ本職の衷心満足し深く諸士の勇戦奮闘の多とする所なり。

然《しか》れ共此の間、幾多忠勇の将兵を喪ひたるは真に哀情に堪へざる所、之等殉国の英霊に対し茲に謹んで敬弔の意を表す。……戦局の前途尚遼遠にして尚、艦隊今後の任務愈々《いよいよ》重且大なるものにあるを覚ゆ(中略)。

茲に任を去るに当り、諸士の武運愈々長久ならんことを祈る。

第三艦隊司令長官

南雲忠一海軍中将」

瑞鶴乗員たちは気づかないが、一読して文中の「幾多忠勇の将兵を喪ひたる」という記述の「将兵」という二文字が気になる。

やはりミッドウェー沖で空母飛龍とともに自沈した山口多聞少将の壮烈な最期が脳裡に浮かんでいたのであろうか。二航戦司令官山口少将の戦死が南雲中将の心中に自責の念を起こさせていたにちがいない。

2

十一月十四日、新長官小沢治三郎中将が呉岸壁の空母瑞鶴に乗りこんできた。司令部幕僚は全員留任のため、着任したのは小沢新司令長官一人である。

小沢中将が瑞鶴舷門に立つと、海軍礼式にのっとって艦隊司令長官送迎の儀式がおこなわれた。

舷門に野元為輝艦長と当直将校が立ち、衛兵司令が長剣を携帯して衛兵隊を指揮し、信号兵のラッパ手によって「海行かば」が奏楽された。

小沢中将は第一種軍装に身を包み、野元為輝艦長の迎えの敬礼をうけると、長身の身体に気力を充実させて大股に歩を進め、艦長と視線を合わせると、

「おう」

と親しげに眼で笑った。小沢中将は水雷畑出身で艦長野元大佐は航海科と経歴は異なるが、昭和二年、小沢が第一水雷戦隊先任参謀時代に野元が軽巡龍田の航海長として、ともに勤務した経験がある。

新長官はその経緯を記憶にとどめていたのであろう。

野元大佐が先導して上甲板前部の長官室に案内すると、初対面のぎこちなさもなく旧知の心許した仲のようにゆったりと後にしたがった。

長官公室では、首席（先任）参謀高田利種大佐以下六名の司令部幕僚たちがあいさつのため待ちうけていた。

専任（主席）参謀高田利種大佐は霞ヶ関の赤レンガが組だから、水雷畑一筋の海上

勤務の長い小沢中将とは初対面である。

作戦参謀長井純隆中佐は同じ水雷科出身で顔なじみ、戦務参謀末国正雄中佐は小沢が海軍大学校教官時代の教え子。

「何しろ型破りの教官でした」

と海大甲種学生経験者らしい人格分析がある。情報参謀中島親孝中佐は初対面。怜《れい》悧《り》な理論家らしく「こんどはどんな長官が指揮をとるのかな」と興味津々の面持ちである。

小沢中将が長官公室の中央にどっしり腰をかけると、高田大佐は、

——それまでの司令部の空気が一変した、

という。

小沢治三郎は六尺(一八一センチ)近い長身で、肩幅ががっちりとしていて精悍な面がまえである。さすがに〝海の武将〟と評されるだけあって長年潮風にさらされた不敵な雰囲気が漂い、一見していかつい面差しであった。兵学校時代から異相でよく知られ、「鬼がわら」の俗称もあながち誇張ではないと、中島情報参謀はとっさに判断した。

第三艦隊司令部幕僚たちに、前任の南雲長官がミッドウェー海戦敗北の衝撃が深く

艦橋にあっても覇気がなく、草鹿参謀長ともども空気が沈滞しきっていただけに、彼らを扶《たす》け南太平洋海戦を勝利したという頭脳集団の誇りがある。

——こんどの新長官の手腕はどのていどのものか。

というやや距離感をおいた視線で新長官を迎えた事実はいなめない。

中島情報参謀の回想。

「南雲さんの第三艦隊長官人事は、正直いって失望したものでした。日本海軍随一の〝水雷戦術の大家〟と評判をとり、軍令部にあっては海軍省と争って軍令部の権限拡大に走りまわった実力者と評されていたものの、戦場にあっては局面で単に小心者のレッテルを貼られるだけの指揮官でおわった。

小沢さんは日米開戦当初、南方作戦成功の海軍第一の人物と評価されていただけに、どんな手腕の持ち主かと冷静に判断する余裕がありましたね」

開戦当初の南方作戦成功とは、陸軍側に協力したマレー半島上陸作戦の功績を指す。

小沢中将は昭和十六年十月十八日付で南遣艦隊司令長官に就任し、ただちにサイゴン基地にむかい、旗艦香椎《かしい》に着任した。

内地を離れるさい、旗艦陸奥に山本五十六大将を訪ね、「艦隊長官として何か心得ておくべきことは」と問いかけたところ、山本長官の返事は「まあ、適当にやってもらおう」との拍子ぬけのものであったことは、戦史上有名なエピソードである。一見大雑把のようであるが、よほどの信頼感が篤かった所以であったろう。

小沢回想によれば、このとき彼は「何でも自分の思い通りにやってみよう」と決意したようである。

——さっそく、その機会がやってきた。

南遣艦隊は当初旗艦香椎、海防艦占守などの小規模であったが、南方攻略作戦実施にともない兵力を増強し、第七戦隊（旗艦熊野ほか重巡三隻）、第三水雷戦隊（旗艦川内ほか駆逐艦一七隻）、第四、第五、第六潜水戦隊（潜水艦合計一四隻）、第十二航空戦隊（特設水上機母艦二隻）、機雷敷設艦、第二十二航空戦隊（元山、美幌各航空隊）その他特別根拠地隊など、膨大な戦力にふくれ上がった。

日米開戦当初、陸軍側南方総軍の作戦目的はマレー半島攻略、とくに英国防衛力の要、シンガポール要塞陥落にあったが、上陸予定地点をシンゴラ、パタニー、ナコン、チュンボン各地にさだめたが、最重要点を英空軍基地を背後にひかえるマレー半島東北端のコタバルとした。

輸送船団二七隻に乗り組んだ第二十五軍司令官山下奉文中将は、この戦略拠点コタバル攻略作戦の海軍側支援を強く要求した。

だが、軍令部側は陸軍側を護衛する海上兵力、航空兵力が充分でないとして猛反対し、結局は「現地陸海軍最高指揮官の協定による」とあいまいな結論を導き出した。つまり、小沢中将に〝ゲタを預けた〟のである。

そのうえ小沢中将の独断専行をおそれてか、軍令部作戦課の三代辰吉部員（航空戦担当）をサイゴンに派遣して、「コタバル上陸作戦に海軍兵力を派出しないように」と釘を刺した。

小沢中将は海軍中央の要請を一顧だにしない。

彼の戦略判断はマレー半島の西海岸を山下兵団がただ南下するだけではあまりにも策がない。一部兵力をコタバル上陸に割《さ》き、東西呼応して攻略すれば成果は確実にあがり、この攻撃に対抗してシンガポール要塞の英国艦隊が誘出できれば海上兵力で撃滅できる、との鋭い分析をした。

緒戦期のマレー半島攻略が大成功におわったのは、戦史上よく知られた事実であり、あれほど消極的であった陸海軍中央も「大本営、連合艦隊、陸軍総軍、第二十五軍も大へんな喜び」であったという。

ついでマレー半島沖で英戦艦プリンス・オブ・ウェールズ、同レパルス撃沈におよんで小沢治三郎中将の「勇断」は大いにたたえられた。

翌年二月のジャワ攻略作戦でも同様の出来事があった。

ジャワ攻略の陸軍第十六軍の海軍側護衛兵力は第四、第五水雷戦隊の軽巡名取と駆逐艦七隻、敷設艦一の小兵力である。司令官原顕三郎少将はさすがに不安を抱き、船団護衛に航行している途次、米・英・蘭・豪四ヵ国艦隊と遭遇すれば、防戦に気をとられて船団護衛がおろそかになるおそれがある、との懸念をしめした。せめて二倍の海軍兵力がなければ船団護衛の任務がはたせない。

原少将の苦悩を知った陸軍側の作戦主任参謀於田《おだ》秋光中佐が南方総軍参謀長塚田攻《おさむ》中将を訪ねたが、その返答は予想外に冷たいものであった。

「いまどき、そんな弱気な交渉はまかりならぬ」

と、塚田中将は色をなして怒った。

「南方総軍から山本連合艦隊司令長官に申し入れるなど、とんでもない。海軍の兵力は充分だと回答を得ており、陸軍側から不安めいたことを電報することはできん。護衛のことは、海軍の責任だ」

原少将の意図は南方総軍の寺内寿一大将を動かして海上護衛兵力の増強をうながす

ねらいがあったが、塚田参謀長は陸軍の面子《メンツ》ばかりを気にしてあくまでも机上判断で片づけようとしたのだ。

その返答を耳にした第十六軍司令官今村均中将は、さすがに腹を立てた。「万一の不幸にたいする責任がどちらにあろうと、敵海軍により海底に沈められる者は、寺内さんの部下である私の軍の将兵である」との怒りである。

今村中将は自分から寺内大将に交渉することにした。だが、攻略船団出発二日前で、たとえ寺内総司令官が自分の意見を採用したところで、海軍側の出撃準備がととのうのか。その事実を確かめるために、途中で海軍の南遣艦隊司令部を訪ねてみることにした。

出迎えた小沢治三郎中将は初対面だったが、明治十九年生まれの五十六歳。同年齢である。「その話はきいております」と開口一番、小沢中将が積極的に協力を申し出た。

「いまから南方総軍が連合艦隊司令部に申し出ても、時間的余裕はありますまい。よろしい。私の艦隊から原少将の麾下《きか》兵力と同等の兵力を引きぬき、増援しましょう」

この申し出は、今村中将をおどろかせるに充分であった。小沢中将の判断ではすでにマレー方面の制海権はほぼ日本海軍の手中にあり、余った兵力を転用しても危険は感じられない。上陸船団の護衛は陸軍機にゆだね、海上兵力の不足は北方の護衛部隊をまわせばすむことである。

この決断により、結果的にはジャワ攻略が成功し、今村中将は回顧録に「小沢中将の協力がなければ、どんな犠牲が生じたか、また上陸そのものが可能だったかどうか、わからない」とし、「私はいまだにそのときの感激を忘れない」と賞賛の言葉を贈っている。

これらの逸話は、小沢治三郎という指揮官の戦略的には大胆な、戦術面では理づめの細心な気配りを象徴しているようである。

もし仮に小沢司令部が柱島の司令部に兵力増強を要求して斥けられれば、彼は独断で麾下兵力を分かつことは軍律上できない。むしろ、そういう手続きを省いて長官の責任において実施したほうが、時間的にも現実的にも効果が大きいのである。戦略的にも、きわめて合理的な判断といえるであろう。

3

このような日本海軍の逸材をなぜもっと早く機動部隊指揮官に起用しなかったのか、

というのが、第三艦隊司令部幕僚たちの不審である。

開戦後一年、主要正規空母四隻を喪失し、南太平洋海戦でハワイ作戦いらいのベテラン搭乗員をほとんど戦死させ、また第一歩から機動部隊を再建せねばならぬ段階でようやく待望の新長官が誕生したのである。

——小沢さんは苦労するだろうな。

というのが、高田首席参謀以下幕僚たちの同情論である。と同時に、自分たち司令部参謀も新たな搭乗員育成に苦労するであろう。

長井純隆作戦参謀は水雷畑から機動部隊司令部に引きぬかれた経験の持ち主だけに、小沢新長官の采配の難しさをよく理解していた。


小沢治三郎少将（当時）が海軍大学校長から第一航空戦隊司令官に転じたのは、昭和十四年十一月のことである。

それまでは駆逐隊司令、重巡摩耶、戦艦榛名各艦長、連合艦隊参謀、第八戦隊司令官など艦隊決戦の中枢に君臨していただけあって、一航戦の赤城、龍驤、第十九駆逐隊（浦波など計四隻）の指揮采配をめぐって当惑する局面が多かったであろう。

ところが、小沢新司令官は航空母艦部隊を指揮して、たちまち空母が将来の海戦の主役となるにちがいないと確信した。

赤城の飛行隊長はのちに真珠湾攻撃の総隊長となった淵田美津雄少佐で、二航戦部隊（司令官戸塚道太郎少将・空母飛龍所属）との合同演習で、両空母の統一指揮の困難さ、とくに通信の不便が飛行機隊の協同にきわめて不利であることを新司令官に訴えた。

すると、小沢少将は「淵田隊長」とかたわらに呼び、

「母艦航空兵力こそ艦隊決戦における主攻撃兵力だな」

「日本海軍航空の精鋭主義もさることながら、航空攻撃は量だね」

との感想をもらした。

卓見というべきであろう。「識見も高く、判断力に秀いで、実行力に富んでいた」と淵田回想では新司令官の先見性を絶賛し、「私はこのたのもしい司令官に深く傾倒した」との感想をのべている。

小沢少将は就任後半年、「航空艦隊編成に関する意見書」を書きあげ、連合艦隊、第二艦隊各司令長官に提出した。ちなみに二航戦は第二艦隊に所属し、長官は古賀峯一中将である。

「現平時編制中の連合艦隊航空部隊は一指揮官をして之を統一指揮せしめ常時同指揮官指導の下に訓練し得る如く速に連合艦隊内に航空艦隊を編成するを要す。

理由

海戦に於ける航空威力の最大発揮は適時適処に全航空攻撃力を集中するにあり

（以下略）」

この建白書の主旨は、母艦をもって一艦隊を編成し、航空兵力の集中使用、訓練の統一をはかる目的があり、同十五年四月に作成された。

連合艦隊司令部は宇垣参謀長以下黒島首席参謀もこの提案を拒否。第二艦隊側は戦艦主兵主義の古賀長官が烈火のごとく怒り、

「航空戦隊は編制上各艦隊に分属していないと困る」

との主旨で、艦隊決戦は主力艦同士の対決であり、空母はあくまでも偵察、弾着観測、索敵に用いるべき補助手役にすぎないと新編成案をしりぞけた。

二航戦司令官戸塚少将自身が艦隊決戦主義者であり、折しも巨大戦艦大和、武蔵の誕生で西太平洋上の主力艦対決、それ以前に潜水艦、空母による漸減作戦に重きをお

いていたから、小沢提案は宙に浮いた状態であった。

小沢少将はひるむことなく、大胆にも山本、古賀両長官を飛びこえて海軍大臣に直接送付した。その写しを軍令部総長および各部に送付し、航空艦隊編成の改善を強力に訴えた。

その結果、軍令部中沢佑作戦課長らの支持もあり、翌十六年四月、第一航空艦隊として一、二航戦合流の機動部隊誕生となったが、既述の通り司令長官は同じ水雷畑の先輩、南雲忠一中将が就任したのである。

発案者の小沢少将は中将に昇進し、南遣艦隊司令長官へ。

この段階でも小沢構想に見る空母部隊に巡洋艦戦隊、戦艦戦隊を加えた正式の航空艦隊ではなく、第一航空艦隊に戦艦二、甲巡二、水雷戦隊一、潜水艦三隻を加えた臨時編成で、大艦巨砲主義に支えられた戦艦主兵の思想から一歩も脱しえないままでいた。

ミッドウェー海戦の大敗後、はじめて空母中心の戦略艦隊が誕生したのである。

旗艦瑞鶴での長官公室で、高田首席参謀が初対面の新長官前で緊張感をみなぎらせ

て対峙していると、小沢中将は武張った表情でもなくあっさりと、

「よろしく頼む」

と軽くうなずいただけであった。

新長官からどんな雄壮な訓示が下されるのかと身構えしていた中島情報参謀は拍子抜けした気分であった。

素顔の小沢治三郎

1

小沢新長官をむかえて、第三艦隊司令部の新陣容がスタートした。午前六時半の総員起床のあと、午前七時、長官公室での朝食時から新司令部の顔合わせがはじまった。参謀長の山田定義少将は前任地のラバウルから帰国途次にあり、旗艦瑞鶴に姿をあらわしていない。辞令は十一月二十三日付で、着任するのは約二週間先だ。

長官、幕僚たちが顔をそろえるのは食事時で、まず白いテーブルシーツの大机の中心に小沢長官が坐り、その反対側正面が山田参謀長の席。その右横に高田首席参謀、

ついで長井作戦参謀、参謀長の左横に艦隊主計長、末国戦務参謀、中島情報参謀、内藤航空参謀。長官の左横に目黒機関参謀、東航海参謀、反対面に長官副官が顔をそろえる。

従兵長の合図で従兵たちがホテルのボーイよろしく朝食の配膳に取りかかる。

朝、夕は和食、昼間は洋食である。といって格別にぜいたくではなく、各参謀には味噌汁、漬物、海苔、卵などが用意された。昼食はいちおう洋食のフルコースで、スープにはじまり、肉、魚料理、最後にはデザートが配られた。夕食は和食で、一ヵ月間の食事代が月額三〇円也。当時の大学卒の初任給が五〇〜六〇円の時代であったから、多少は上級食といえるかも知れない。

「では、はじめようか」

小沢長官の一言で、幕僚たちがいっせいに眼前の箸に手をのばした。前任の南雲中将は無口で食卓の話題の主は草鹿参謀長であったが、小沢中将も饒舌なタイプではない。食事中はほとんど無言で、静まりかえったテーブル上で食器のふれあう音のみの沈黙のなか、高田首席参謀は新参謀長の山田定義少将がこの新長官と幕僚たちの仲介役をはたして無事に務めてくれるのかどうかが、気になった。

なにしろ相手は、

——幕僚ぎらい。

とうわさの高い小沢中将である。南遣艦隊長官時代、参謀長、幕僚たちを容赦なく叱り飛ばして参謀たちが萎縮《いしゆく》していたとうわさの立つ長官である。

新参謀長の山田定義少将は開戦後、第二十五航空戦隊司令官として最前線ラバウル基地にあり、豪軍ポートモレスビー基地との攻防戦で台南航空隊、四空、横浜空を指揮して航空消耗戦の辛酸をなめた指揮官である。

航空畑一筋に生き、大正七年、第四期航空術学生を卒業。駐仏武官として欧州情勢を見聞きし、空母蒼龍、同加賀艦長の経験もつんでいる。ちなみにミッドウェー沖で空母加賀とともに海没した艦長岡田次作は兵学校同期生である。

この航空畑出身の元司令官と水雷畑一筋の新長官がコンビネーションよろしく機動部隊司令部を機能させて行けるのかどうか。首席参謀の悩みがまた一つ、ふえそうな気がしていた。

朝食後、各参謀が作戦室にむかい、小沢長官もいったん長官室に引き揚げた。午前七時半、軍艦旗掲揚の時刻がきた。呉在泊中でも毎朝の重要な儀式である。

ここで新長官は思いがけない行動をとった。作戦室の中央にいる高田首席参謀にむ

け、

「高田参謀、艦内工事の改修作業を案内してくれんか」

と声をかけたのである。呉海軍工廠から派遣された工員たちが飛行甲板といわず、艦内各場所で改修工事のリベット打ちで喧《やかま》しいなか、長身の新長官と小柄な首席参謀の二人は散歩代わりに各修理個所をのぞいて歩いた。

艦橋構造物の上部、九四式高射装置の背後には、新しく第二十一号電波探信儀が取りつけられている。

南太平洋海戦では翔鶴に装備され、米軍機来襲の捕捉に威力を発揮した日本海軍初のレーダーである。この帰港時に瑞鶴、瑞鳳の両艦に装備完了の予定だ。

「こんどの海戦では大いに威力を発揮しましてね。来襲する敵機を一四五キロ手前で電探が捕捉して、防火防弾準備に役立ちました」

と高田大佐が説明すると、小沢中将は「ほう」と興味深そうに大きくうなずいた。

何事にも進取の気質に富む性格らしい。自分は首席参謀としてこの〝鬼がわら〟とどうつきあって行くべきなのか。水雷戦の権威と評されるこのいかつい長官の采配をのみこむまでに少し時間がかかるな、とカミソリ首席参謀は素早く頭のなかで計算した。

2

小沢治三郎は一九八六年（明治十九年）、九州宮崎の秋月氏三万石の城下町に生まれた。生家の高鍋町《たかなべ》は小丸川河口の商業地として栄え、三人兄姉の次男坊である。

小沢家は裕福な旧家で、兄は日露戦争に従軍して戦死、弟治三郎は家族の期待を担って宮崎中学校に進学した。

小沢は体格に秀れ、野球のリーダー格。柔道も学んでいわゆる宮崎中学の番長格となった。といって暴れん坊ではない。正義感が強く、弱者の味方で勢いあまって校長夫人の乗っている人力車を引っくり返したこともある、と小学校同期生の安田尚義が回想している。

教師たちももて余す存在であったらしい。

ここで、一大事件が起こった。

中学四年生のとき、合宿所同士の喧嘩沙汰があり、リーダー格の小沢が率先して殴りこみをかけ、これをたちまち鎮圧してしまったのである。

また運の悪いことに、町の不良少年たちからも喧嘩を吹っかけられ、これも柔道猛者の小沢少年がたちまち制圧して、橋上から川の中に連中を叩きこんでしまった。

この騒動が地元宮崎新聞の嗅ぎつけるところとなり、「名門中学生の乱闘事件」として社会面に大々的に報じられることになった。

質実剛健をモットーとする旧制中学校の校風である。前述の殴りこみ事件とあわせて小沢生徒の不行跡をあげつらう教師も出てきて、職員会議で退学処分が決まった。

――小沢生徒は売られた喧嘩を買っただけ。むしろ被害者だ。

とする同級生たちが一致して処分撤回の嘆願書を提出したが、格式を尊ぶ伝統の中学のこと、処分は撤回されることがなかった。

困りはてたのは小沢の両親と姉の三人である。事の仔細を書きつづって従軍中の兄宇一郎に窮状を訴えた。

戦地で弟の退学処分を知った兄は前線出動中なので困惑し、直属上官の牛島貞雄大尉に相談を持ちかけた。牛島はのちに陸軍中将となり、陸軍大学校長となった人格者である。

牛島大尉は部隊の教育熱心な中隊長として知られており、さっそく弟治三郎あてに陣中から手紙を送った。

「過ちを改むるに憚《はばか》ること勿れ、本夕君が骨肉の親しみある小澤宇一郎君は悄然たる態度で、私に告げて曰く、治三郎は退学を命ぜらりたりと。私は炉辺をたたいて寧《むし》ろこれを賞讃せり。蓋《けだ》し君が退学の原因は必ず簡明で、半面純美なる真理を含み罪ありとするも其の罪は白雲の如きを信じたればなり」

まず文言は小沢治三郎の心情に思いをはせて、同情を寄せる。不良少年たちを排撃するのは「青年時代の一快事なり」とまで書いている。だが途中から一転して、学生には学問という本分があり、「血気に逸《はや》りて無暴の行為をなすことはあまり奨励すべきことにあらず」と強く戒めている。

そして、「頭を冷静にして更に一考を煩《わずら》はしたきや切なり」として、「君は天地に俯仰《ふぎょう》して疚《やま》しき所なきも苟《かりそめに》も自分の過ちであったならばいさぎよくこれを改むるに憚る勿れ。これ真の勇気ある少年なり」

日付は明治三十七年十二月二十五日で、「牛島貞彦したたむ」とあり、宛名は「小澤治三郎殿」。

戦場から寄せられた兄の上官からの激励の書簡は失意の小沢少年の心に感銘をあた

え、大いに改悛の情を起こさせたにちがいない。
小沢はこの手紙を表装して、終生手もとから手放さなかった。よほど身に沁みた訓戒であったのだろう。

小沢少年は上京し、私立の名門成城中学校に入校した。東京・牛込原町の下宿暮らしである。だが、あれほど自粛していた喧嘩をこの下宿時代にやってしまった有名な一件がある。

ある日、神楽坂《かぐらざか》界隈をぶらぶら歩いていると、小沢生徒とすれちがった青年とのあいだでいさかいとなり、たちまち喧嘩沙汰に発展した。

なるほど当時の小沢治三郎の写真を見るとイガグリ頭で頬にエラが張り、眼光は鋭く強《こわ》もての噛みつきそうな面構えをしている。相手も地方出身の田舎書生と侮ったのかも知れない。

取っ組み合いの喧嘩となり、小沢生徒は相手を投げ飛ばし、ねじ伏せて下駄でさんざん踏みつけた。相手は「参った」と降参し、名前を名乗らせると「三船久蔵だ」という。

のちに「空気投げ」で名をあげ、講道館から名誉十段の称号をあたえられた三船久蔵十段である。小沢治三郎の豪気な一面を物語るエピソードとしてよく知られているが、決して物怯《お》じしない果敢な性格の若者であったといえるだろう。

3

小沢治三郎は明治三十九年十一月、海軍兵学校三十七期生となった。同四十二年卒業。成績は一七九人中四五番で、まず中級の上といった順位である。ちなみに彼の好敵手となる米国のスプルーアンスは二年前、キンケイドは前年にアナポリス海軍兵学校を卒業している。

日米開戦時は四十歳代の後半で、たがいに体力、気力の充実した時期に当たる。兵学校時代の同期生のうち、傑物といえば恩賜の短刀を授与された井上成美が群を抜いていた。山本五十六次官のもと、海軍軍務局長として三国同盟締結に狂奔した艦隊派に堂々と対抗した。他にのちに南東方面艦隊長官となった草鹿任一、第六艦隊長官の小松輝久、南西方面艦隊長官の大河内伝七などなど。

井上成美は第四艦隊長官としてサンゴ海海戦を戦い、海軍兵学校長に転じて海軍史に名を残す最後の海軍大将となるが、小沢評をもとめられるとさすがの傑物も、

――自分も精一杯努力したが、小沢の戦術眼には敵《かな》わなかった。

と評したそうである。

兵学校教育ではとくに目立った存在ではなかったが、じっさいの海上に出て艦隊勤務につくと緻密な性格、大胆革新的な発想、その合理的な性格で、たちまち頭角をあらわした。

少尉候補生時代、練習艦宗谷に乗艦。遠洋航海にフィリピンのマニラ、豪州各地を訪ね、欧米列強に東南アジアの各地が植民地支配にあえいでいる情況をつぶさに見聞した。ついで日露海戦の立役者戦艦三笠に乗艦、また軍艦春日乗組に転じて初級将校としてのイロハを学んだ。海軍士官の定例コースとして明治四十五年、海軍砲術学校普通科学生へ。

ここで、大きな転機をむかえた。

当時、艦隊首脳陣には日露海戦でロシアのバルチック艦隊を撃滅した参謀、艦長たちが現役としてとどまっており、小沢少尉の果敢な陸戦教練指揮、部隊の統率力を見ぬき、

「どうだ、将来は鉄砲屋にならんか」

と盛んに勧めた。鉄砲屋とは艦隊内の俗語で砲術科専攻の意である。

ところが何を思ってか、砲術学校四ヵ月で小沢少尉はさっさと水雷学校普通科学生に転じた。いわゆる水雷屋の途を選んだのである。

海軍大尉時代、水雷学校高等科へ進み、水雷屋としての将来が決まった。もし砲術学校に進学していれば戦艦部隊の一員として着実に大艦艦長への階段をのぼりつめることになるが、水雷屋ではすぐさま実戦配備となり、水雷艇長、駆逐艦艦長へと配属されることになり、将来はせいぜい駆逐隊司令で一生をおえるのが関の山である。

だが小沢大尉は出世とはまるで縁のない、海上戦闘の立役者の途をあえて選んだのである。

当時の主力艦同士の艦隊決戦ではまず決戦海面に進出する以前に水雷部隊が奇襲攻撃をかけ、相手側の兵力を漸減させ、しかるのちに主力艦同士の決戦に持ちこむというのが主戦術であったが、小沢治三郎はとくに研究熱心でこれを夜間奇襲もおこなえるだけの術力向上につとめた。

――水雷屋に小沢あり。

その声望と評価がさだまって海軍大学校甲種学生へ。各艦隊の水雷参謀、水雷戦隊首席参謀を転々とし、教育畑では水雷学校教官、海軍大学校教官、水雷学校長、海軍大学校長に任ぜられるという栄誉を担っている。

小沢教官の何が異色かといえば、図上演習、兵棋演習でも事前の準備と研究に徹底しており、いざ演習にはいると他の教官が講義時間いっぱいを使って授業終了となるが、小沢教官は引きつづき学生たちによる研究討論、演習上の問題点、改善すべき戦策などについて徹底的に討議させたことである。

図演参加者は当然小沢教官の指導、批判をうけるから眼の色を変えて熱心に授業参加する。

出席者をおどろかせたのは、のちに第一艦隊参謀に転じた土井美二少佐が日本海軍戦法の亀鑑たる「海戦要務令」についてあれこれ質問すると、小沢教官はたった一言、

「君たちは大学在学中、そんな本はいっさい読むな」

と全否定したことである。

「海戦要務令」とは海軍の戦闘遂行上の兵術の基本をさだめた極秘書だが、じっさいの戦闘に当たっては物の役に立たたんと小沢教官は喝破したのである。

海軍大学校では日露戦争時の海軍の理論家佐藤鉄太郎中将が「帝国国防史論」を発表し、米国海軍史家マハン提督の理論を応用して専守防衛論、すなわち艦隊決戦論の

バイブルにもされた。

だが、これは単なる理論であって戦闘は千変万化、時に応じて臨機応変の対応が必要だというのが小沢教官の主旨である。

小沢は海軍大学校時代の佐藤鉄太郎教官の思い出を問われたとき、「授業内容はよく覚えとらん」と質問者を煙に巻き、

「唯一、記憶にあるのは『いくさは人格なり』ということぐらいかな」

と彼自身、のちによく口にした戦理をあげてみせた。

実戦派指揮官らしい小沢治三郎の真骨頂だろう。むやみに空理空論をもて遊ぶエリート秀才士官たちへの警句としたのである。

こうした小沢教官の教え子たちが各艦隊に散らばり、第三艦隊司令部でも昭和十一年度の海大甲種学生であった戦務参謀末国正雄中佐、昭和二年度の水雷学校普通科学生をトップで卒業した作戦参謀長井純隆中佐らが教育をうけている。

艦内巡視のさなか、南太平洋海戦での長井参謀の活躍にふれると、小沢長官は〝鬼がわら〟の表情をニヤリとくずし、「あれは使える男だ」と自分が賞められたような嬉しげな表情になった。

4

小沢新長官の朝の散歩は恒例となった。

軍艦旗掲揚、同降下の折にはかならず幕僚一人を誘い、飛行甲板上を往復散歩しながら自分の作戦思想、用兵上の指針、あるいは幕僚としての心得を諄々《じゅんじゅん》と説いた。話は具体的で、新長官が何を考えているのかよく理解できるようにした。

第二日目は長井作戦参謀、つぎに末国戦務参謀、四日目は中島情報参謀……。

話は変わるが、米国のスプルーアンス少将がミッドウェー海戦に当たって水雷戦隊司令官から空母部隊指揮官に任じられたとき、航空戦指揮の実情にふれようと食後のコーヒータイムにかならず幕僚の一人をさそって実戦指揮を学ぼうとした采配と似通うものを感じる。

南雲長官は孤独癖があって、いつも長官室に閉じこもって幕僚たちとの対話の機会を持たなかったのだが……。

末国参謀には昭和十五年の一航戦司令官時代に、航空母艦を主体として戦艦部隊指揮をふくむ機動艦隊構想を持っていてミッドウェー敗戦後、はじめて第三艦隊が編成されたが、「まだまだ充分でない」と否定的見解を洩らした。

あくまでも第一艦隊の戦艦大和、武蔵が日本海軍の中心であり、この艦隊決戦方式から早く脱却せねばならないと青年のような熱情で語りかけた。そして何よりも、

――情報が大事。

と、かつての将官のだれもが口にしなかった米国相手の情報戦の重要性を力説した。

末国参謀の印象に残るのは、新長官が麾下飛行機隊員の実力、編成状況、あるいはもっと戦略的に範囲を広げてラバウル、ソロモン、ニューギニア方面の戦況にも注意深く視野を広げていることであった。そして不意に「ポートモレスビーの攻略はどうなっているのか」と質問をあびせて、末国参謀が大あわてで通信記録から資料を集めて提出するという事態となった。

「新長官との散歩時には、充分戦況報告を頭に入れておく必要があるぞ」

末国参謀の指摘をうけて、中島親孝情報参謀は「わが意をえた！」と大満足であった。

南雲前長官はミッドウェー海戦後、「われわれは通信解析で敗れた」と反省の弁を口にし、通信技術向上の技術的側面だけを強化するよう要請したが、小沢長官は情報戦では一枚上、はるかに遠大な戦略観を抱いているらしい。

初散歩で新長官におどろかされたのは、ミッドウェー海戦時、南遣艦隊旗艦上で戦闘経過をたどっていた小沢中将が、

「これはオカしい。作戦の内容が事前に敵側に洩れているぞ」

と警告したことである。

天才的な戦術眼、勝負師の直感ともいうのだろうが、これを海戦後訪問してきた軍令部員山本祐二中佐につたえたところ、「暗号は盗られていない。もし盗られているとすれば同盟国イタリアの駐在武官に察知されたか、機動部隊が霧中航行で事前に電波を出したことで、暗号そのものは破られていない」との返事であった。

中島情報参謀も日本海軍の暗号は無事だとの認識を持っていたが、「どうも腑に落ちん。気がかりだ」とくり返す小沢中将の表情を見ながら、最初の印象から一変して、

――何となく頼りがいのある長官だぞ。

との好印象を持つことになった。

ところで、新長官を旗艦瑞鶴艦橋にむかえて、高田首席参謀は思いがけない悩みのタネを背負いこむことになった。

「新長官は酒好き、女好き、唄好き」

と三拍子がそろった通人であったことである。

酒好き、女好き、唄好き

1

小沢新長官は、意外なことに実戦派海軍将官としては飛びぬけた教養人であった。文学にも造詣が深く、とくにロシア文学のドストエーフスキイを好んだ。「罪と罰」、「白痴」、「カラマーゾフの兄弟」などの蔵書を長官室に持ちこみ、くり返し読みふけっていた。

もう一方で、良寛上人の研究家としても知られ、生涯を漂泊の歌人として過した越後国出雲崎《いずもざき》の僧の生き方に強く惹《ひ》かれた。自由人として子供たちと戯れ、托鉢に生きた人生に自分の思いと重なるものがあったのだろうか。

つねに時代の流れに敏感で、雑誌『中央公論』、『改造』などは欠かさず購入していた。これは、あるいは旧制中学時代のロマンチシズム、教養主義を引きずっていたものか。

小沢治三郎は兵学校と同時に鹿児島の第七高等学校を受験し、合格している。もし兵学校に入校がかなわなければ、大学に進学し、将来は海軍造船官になるつもりであった。

こうした精神背景によってか、宴席などでは三国志時代の軍師諸葛孔明《しよかつこうめい》の悲劇的な最期を描いた土井晩翠《ばんすい》の漢詩「星落秋風五丈原」をよく吟じた。

祁山《きざん》悲秋の風更けて
　陣雲暗し五丈原
零露《れいろ》の文は繁くして
　草枯れ馬は肥ゆれども
蜀軍の旗光無く
　鼓角の音も今しづか
丞相《じようしよう》　病あつかりき

ここまでは異色の提督という逸話ですむが、首席参謀高田大佐を困惑させたのは、

新長官の、

——無類の酒好き。

の一件である。

酒豪というより、大酒のみといったほうが適切だろう。海軍部内では二大酒豪と評判の人物が二人いて、一人は秋田出身の同期生、鎮海警備府長官の後藤英次。それに宮崎出身の小沢治三郎である。

とにかく、よく酒を飲んだ。

長官交代後しばらくたって小沢中将の逸話がいろいろ取り沙汰されてつたわってきたが、前任者の南雲忠一中将とは水雷屋同士、小沢は兵学校一期下の後輩で、何か事があれば南雲はお気に入りの後輩の小沢を呼びつけ、大いに歓談をつくしたとの由である。

小沢治三郎は〝鬼がわら〟とアダ名されたくらいにいかつい顔つきで、一見取りつきにくい印象だが、花柳界の芸者たちにはよくモテた。

海軍士官馴染みの料亭として、横須賀では「小松」（注、海軍での隠語ではパイン）、中、少尉たちが通う「魚勝《フイッシュ》」、「いくよ《ゴーイング》」などがあり、呉では「徳田《ラウンド》」、「岩越《ロック》」、「吉川《グッド》」、「華山《フラワー》」、佐世保では「万松楼《ヤマ》」、別府では「鳴海《なるみ》」などが知られているが、どこの料亭に顔を出しても、小沢は芸者たちに「オーさん」と呼ばれて人気があった。その飲みっぷりの豪快さ、遊びっぷりの上手さで、花柳界の人気者であった。小沢は金銭に頓着なく、どこの料亭に顔を出しても機嫌よく大酒を飲み、横にはべった芸妓たちに気前よく着物を買ってやったり、帯留めをプレゼントした。

横須賀の料亭「小松」は明治十八年の創業で、先々代の女将山本悦が皇族小松宮に気に入られてその「小松」の名を冠して営業した由緒ある料亭である。

古くは日露戦争時代、山本権兵衛や東郷平八郎、伊東祐亨などが出入りし、戦前には山本五十六も専用の裏口から遊びに通った。

「小沢さんは芸者のだれかれと分けへだてなく扱ったので、姿を見せると大変な人気者でした」

と引退した先代の女将が懐かしむ。

南雲忠一は東北・米沢出身で、一航艦長官時代の航空乙参謀吉岡忠一少佐によると、「艦隊が寄港するといずこの港でも神社に参拝し、戦勝祈願をおこたらなかった」というから、謹厳実直なカタブツで、お座敷遊びなどは得意な分野ではなかったろう。

したがって、困ったときの助け舟として後輩の小沢に誘いをかけたのである。

長井作戦参謀に質《ただ》してみると、「水雷屋一家というものは結束が固いもんです」というごとだが、たしかに高田参謀は小沢の口から前任長官南雲中将への批判は耳にしたことがなく、かえって庇う口調が多かった。

小沢は水雷戦隊をこよなく愛し、第三艦隊長官に任じられても、水雷戦隊が出撃するさいには艦橋の高椅子に腰をかけて、じっと彼らの出撃を見守っていたという。

第三艦隊司令部幕僚たちが小沢の宴会好き、思いがけない芸達者であることを知ったのは、山田定義参謀長が着任した直後のことである。

食事のあと、末国戦務参謀が長官室に呼ばれて、「参謀長は前線で苦労してきたから、慰労会をやろうではないか」と声をかけられた。さっそく呉の料亭を手配し、しかるべく「エス」たち（注、海軍隠語でSingerの意。芸者のこと）も手配した。

冒頭に小沢新長官が短いあいさつをし、

「よろしく頼む」

と山田参謀長に献盃した。

山田少将は九州福岡の出身で、松江中学から兵学校入りをした。あまり派手な性格でなく、実直型の参謀長である。中島情報参謀が長官――参謀長のコンビを見て、

「あまり二人の関係は旨く運んでいなかったのではないか」と案じたように、元水雷戦隊出身の豪快な長官と地味、堅実な元航空戦隊司令官とはどうも波長が合わなかったようである。

小沢長官はそんな配慮をする気配はなく、「さあ、無礼講だ。大いにやれ！」と上機嫌であった。

次の間に控えていたエスたちがどっと座敷に流れこみ、三味線、唄を奏してにぎやかな宴会となった。座敷の中央に陣取った新長官は幕僚たちが献じる徳利の酒をつぎつぎと飲み干し、いっこうに乱れる気配がない。充分に座が盛り上がったところで、

「だれか、何か唄を歌え」と長官が口火を切った。

もちろん、南雲中将時代から幕僚たちはそんな派手な宴会を体験したことがない。

2

そんな雰囲気を感じてか、小沢中将は、

「よし、おれがやる」

と立ち上がった。

まずお得意の「星落秋風五丈原」の一節を朗々と吟じて、堂々たる声量ぶりを披露

して「長官はなかなかの美声だな」と高田大佐を感心させたあと、一転して双肌ぬぎとなり腰をくねくねさせながら「酋長の娘」を歌いはじめた。

わたしのラバさん　酋長の娘
色は黒いが　南洋じゃ美人

これは昭和十二年、中国大陸での一連空司令官戸塚道太郎少将が宴会芸として、もっとも得意としていた歌謡曲である。

小沢中将もどこかで見聞きしたのか、宴会芸の十八番となった。三味線が鳴り、芸者たちも大いに盛り上がる。小沢が歌をくり返し、座敷内をぐるぐる回りはじめると、芸者たちがその後にしたがって手を振り、腰をくねくねさせてついて行く。先頭に立つ小沢長官の動きを参謀たちはあっけにとられて見つめるばかりである。

小沢治三郎の宴会芸は、筋金入りのものであった。中、少尉時代から連合艦隊参謀時代にかけて訓練は猛烈をきわめ、夜戦部隊の襲撃訓練などは暗夜で命がけの任務となる。

当然のことながら訓練終了後は寄港地で慰安の一夜をすごすことになり、別府とか雲仙、新潟、函館などの一流料亭、待合い、小料理屋が艦隊乗員の休養地となる。

艦隊勤務は男ばかりの世帯である。若き海軍士官や下士官兵の集団だけに外で「ストップ（注、外泊の意。エスとの同衾《どうきん》の意味がある）」することは認められた。公娼制度があった時代のことだから、士官はエスと下士官兵は遊廓でそれぞれストップした。

――海軍士官は一流の料亭で飲め、

といわれ、前掲の各寄港地の料亭で遊ぶのが通例となっていたが、小沢はそんなエリート意識をかなぐり捨てて懐具合によってどこにでも顔を出した。下士官兵たちが屯《たむ》ろする小料理屋でも一向に平気であった。

金銭にも、あまり頓着しなかったようである。

有名なエピソードに、宮崎中学校時代の友人が戦艦勤務中の小沢少尉を訪ねたところ、任務の都合でゆっくり二人ですごす時間がないからといって、「これが今月の給与だ。自由に鎌倉見物にでも使ってくれ」と全額をポンと手渡したことがある。

こんな具合だから、艦隊内外でも小沢を慕う友人、部下が数多くいた。

宴会芸は彼自身が愉しむ目的だけでなく、人心収攬《しゅうらん》のため、さらにいえば政治的目的にも活用したようである。「酋長の娘」や他の歌謡曲にも単に余興のためだけでなく、案外したたかな計算が働いているようである。

たとえば、開戦前のマレー半島上陸作戦の陸海軍合同協議のさい、第二十五軍司令官山下奉文中将以下陸軍首脳と小沢中将以下の海軍部隊将官が海南島三亜基地で懇親会を開催することになった。

料亭「海南荘」には、当然エスたちも呼ばれて待機している。山下将軍と小沢中将が上席にならび、その横に参謀本部作戦班長の辻政信中佐がお目付役のように坐っている。辻は酒と女が大嫌いという堅物だ。

陸海軍首脳同士の献盃がおわり、コタバル上陸作戦担当の佗美《たくみ》浩少将が小沢の前に進み出て、全身に緊張感をただよわせながら、

「私がコタバル上陸を担当する佗美です」

とあいさつすると、小沢は盃をしっかりと受けとめ、

「海のほうは大丈夫。引きうけますから、どうかしっかりやって下さい」

とはげました。

佗美少将は難敵のコタバル上陸をひかえて決死の覚悟でいたのだが、この小沢の一言で海南島から数千キロ、四昼夜にわたる上陸作戦が確実に成功するとの確信を抱い

たのである。

宴席は大いに盛り上がって、「だれか余興でもやって、一つ盛大にやりましょう」との声がかかったが、辻政信が陪席ではなかなか陸軍側から宴会芸を出す者がいない。

すると、小沢が立ち上がり宴席の中央に出て、「私がやりましょう」と山下奉文を見た。山下奉文も、海軍側が何をくり出すのかと興味津々である。

すると、小沢は意外な流行歌を歌い出した。

赤いランタンほのかにゆれる
港《みなと》上海　花売り娘

当時、国内で流行っていた歌謡曲「上海の花売り娘」である。会議では〝鬼がわら〟のいかつい海軍側首脳が、いつ最新の流行歌を知ったのか。声も朗々としてよく通り、しかも素人には珍しく美声である。陸軍側は大いに沸き立った。

それまでぎこちなく進行した陸海軍首脳同士の堅苦しい雰囲気が一気に盛り上がり、山下中将も「よし、おれもやる」と立ち上がった。席は乱れて芸者たちも大いに陽気に騒ぎ立ち、苦々しく宴会の様子を見ていた辻政信も上機嫌である。この宴会がマレー半島上陸作戦成功の陰の要因であったとのちになって指摘されているが、この宴会芸にも小沢自身の巧みな事前準備があった。

小沢治三郎が第八戦隊司令官であった昭和十二年十月以降、彼の部下である森下陸一参謀が長官の指示で寄港地に上陸するたびレコード店に立ち寄り、その時期ヒットしていた歌謡曲のレコードを買い求め、艦にもどって長官室に献上する。するとすると小沢は、つぎの寄港地に立ち寄るまでくり返しレコードを聴き、歌のレッスンをする。

つぎの寄港地でも、また森下参謀が新しいレコードを買い求め、小沢のレパートリーはまた一つ、ふえて行くのである。他の参謀たちにはその秘密を知られていないから、ただびっくりという一幕になる。

小沢自身、元々歌好きだったという一面もある。マレー半島上陸作戦が成功し、南遣艦隊各艦は四ヵ月ぶりに占領地シンガポールに寄港上陸することになった。もちろん小沢司令部も上陸し、進出したばかりの日本料亭に席を設けた。

そこで作戦各部隊の首脳陣と盃を交すたびに、不意に小沢は「おい、一曲が誕生したぞ」と即興的に新しい歌を歌い出した。

ここはジョホール
セレターが見える
いくさ忘れて
酒を汲む

シロウト丸出しの歌詞である。小沢自身はこの歌詞を気に入って、「だれか続きをやらんか」と参謀たちに声をかけたが、そのような歌心を持ち合わせている参謀は一人もいず、仕方なく小沢は同じ歌詞をくり返しながら、何度も同じ踊りをくり返すばかりであった。幕僚の一人が気をきかせて、部下の達原実主計兵曹に命じて作らせて一世を風靡《ふうび》したのが「シンガポール入城の歌」である。作曲は南遣艦隊の軍楽隊。

一番乗りをやるんだと
力んで死んだ戦友の
遺骨を抱いていまはいる
シンガポールの町の朝

3

さて、山田新参謀長を迎えての呉料亭の夜、小沢長官の「酋長の娘」をきっかけに大いに盛り上がりを見せたが、宴席の途中でベテランの老妓エスが、さりげなく各参謀がこのままストップして行くかどうか、仲介をはじめたのである。

野元艦長、首席参謀高田大佐は「艦に帰る」と拒否したが、長官はあっさりとストップすることを認めたのである。

この件はその後何度もつづき、小沢長官はお気に入りのエスとストップすることをくり返したのである。

——長官の女好き。

これも事前にきかされていた新長官の性癖だが、南太平洋海戦後の艦隊建て直しの時期に好みの芸者とたびたび料亭でストップする新長官の行動は、首席参謀の高田大佐を大いに閉口させた。

海軍部内では、山本五十六長官が新橋芸者の梅龍こと河合千代子と「インチ」（固有の関係が出来ていること。Intimate《インチメイト》の略）の関係にあることは周知の事実だが、小沢長官にも「丸顔で目のぱっちりとした、愛嬌のあるインチ」がいて、しばしば旗艦任務をはなれてストップした。

あまりにも大っぴらなので、高田大佐も呆気に取られたようである。小沢の伝記編者寺崎隆治によると、小沢の女好きの象徴的エピソードが紹介されている。

たとえば初めての寄港地で、司令部が大宴会を催したさい、お気に入りの丸顔の目の可愛いエスとめぐりあうと、「おい、便所に行きたいが、案内してくれ」と声をかけ、途中で彼女を抱きかかえるとそのまま〝沈没〟してしまうのである。

どんな強引な手段を使うのかは判然としないが、巧みに口説き伏せ、小部屋で一戦におよぶ。

司令官の姿が途中から見えなくなり、「おい、司令官はどこへ行った」と騒ぎになるが、どうやらエスと同衾したことがわかると、「うちの司令官は手が早いな」と参謀連は苦笑するばかりである。

この一件から小沢少将の好色ぶりが広く知れわたるようになり、司令官が姿を消しても参謀連は行方を捜さなくなった……。

小沢はこんな具合で宴会好きでどんどん金を使うから、家計は充分でなかったようである。「いったい、小沢夫人はどんな苦労をしたのだろうか」と、前掲の寺崎隆治もさすがにたまりかねて一文を寄せている。

小沢治三郎は大正六年八月、同郷の高鍋藩士の娘森石蕗《つわ》と結婚。鎌倉で家庭生活をはじめた。同じころ、もう一つ良縁が持ちこまれ、迷ったあげく一本の箸を立て、倒れたほうに決めたとは本人の直話であり、そのように大胆な選択はいかにも小沢らしい逸話である。

夫婦仲は円満で石蕗夫人は賢夫人として知られ、結婚によって夫の宴会好きはいっこうに直らなかった。将来は水雷屋で少将止まりとの評判が立っていたから、夫人も夫に過度の出世を期待していなかったせいであったかも知れない。

さて、戦後の評価で小沢治三郎ははたして名将であったか否かは、巷間よく論じられる話だが、少なくとも素行上は「名将」と呼ぶにふさわしくなかったようである。

第三艦隊司令部内での新長官評価はべつとして、瑞鶴乗員たちは一日おきに半舷上陸で呉の街に慰安に出かけた。

とくに元気だったのは第一士官次室《ガンルーム》の中、少尉たちで、南太平洋海戦での死者が多かった士官室より若きガンルーム士官が大勢生き残り、さっそく馴染みの料亭で「ガンルーム慰安会」がおこなわれることになった。

宮尾直哉軍医中尉たちが幹事となり、夕刻までに艦内から日本酒四本を運びこむ。

料亭街ではそろそろ物資不足が顕著になっていたのである。戦闘機隊の荒木茂中尉、艦爆隊の米田信雄中尉などが威勢よく飲み、新顔のエスたちとさっそく豪快に飲みはじめる。

幹事の吉村博中尉が中心となって、二ヵ月ぶりの内地大宴会となった。当然のことで〝イモ掘り〟がはじまる。とにかく一杯飲み、存分に酔っ払ったところで障子を破り、ガラス戸を叩き割って大暴れするのである。宮尾軍医中尉もこの騒ぎに巻きこまれて、いつのまにか縁側から庭に放り出されていた。

翌十二日、宮尾中尉の日記。

「朝起きてあちらこちら傷だらけで実に醜態である。左の小指と右小指が特に痛い化膿しそうだ。顔も左半分腫れて痛く顔を洗えぬ状況。ひどい目に遭った。午前淋菌性結膜炎の兵隊を送院した。市中の銭湯にて感染したものと称す。艦内あちこちで工事を始めうっかり歩けぬ程である」

毎日毎日改修工事のリベット音やかましく、診察がおわれば呉に上陸して買い物をしたり、映画を観たりと淡々とした日がつづく。

この間、新たに飛行機隊の補充があって、とくに戦死者の多かった艦攻隊には国内の練習航空隊で無聊をかこっていた飛行隊長田中正臣少佐を鹿屋航空隊から、分隊長清宮鋼《せいみやはがね》大尉を同空分隊長から第一線の瑞鶴配備とした。

これが十一月十五日付で、艦爆隊の高橋定大尉の下には鹿屋空分隊長平原政雄大尉が、戦闘機隊長としては築城航空隊から飛行隊長納富健次郎大尉が配備されたのである。

これら三人の飛行隊長がそれぞれどのような働きをするのか、新編成の飛行機隊としては大いに興味のあるところである。

新小沢一家の隊長たち

1

大宴会の翌日、小沢新長官はいつもと同じように定刻の午前七時、何事もなかったようにいかつい顔付きで朝食のテーブル席についた。

全幕僚も顔をそろえ、高田首席参謀は〝鬼がわら〟長官が二日酔いで真っ赤な顔色で食事ものどを通らないのではないかと危うんだが、表情にまったく変化がなく、しかも健啖家らしく食欲も旺盛である。

——さすがに公私のけじめは厳格につけておられるご仁だ、と舌を巻いた。昨日の宴会で「酋長の娘」で会場の爆笑をさそった剽軽《ひょうきん》さはどこへやら、無口で黙々と箸を進める。

あとで知った逸話だが、コタバル上陸作戦実施決定の直後、気を許した幕僚の一人が安心して海南島料亭に出かけ、エスプレイにうつつをぬかしているあいだに作戦の一部に欠陥があることが判明した。幕僚不在で一騒動になったことを知った小沢中将は、上陸した幕僚を呼び出し、こっぴどく叱りつけた。公務は公務、遊びは遊びで公私を混同してはならぬ、と激怒したのである。

小沢自身もその自制心をよく守り、決して遊芸に耽溺《たんでき》することはなかった。

野元為輝艦長は、そんな新長官の気質をよく心得ていた。たしかに麾下幕僚にはきびしいが、いったん信用できる男と知ると全幅の信頼を寄せるような太っ腹なところがある。

たとえば、こんな体験があった。野元大尉（当時）が軽巡龍田の航海長でいたころ、第一水雷戦隊の司令官は鉄砲屋で理論家の佐藤寿太郎少将、先任参謀は小沢中佐、旗艦艦長は水雷戦隊のベテラン岩村兼言大佐という顔ぶれであった。

演習航海で難問にぶつかると、岩村艦長が「おい先任、これからどうするんだ」とまず司令官の口を封じ、処置を小沢先任参謀にゆだねる。

すると小沢参謀は野元航海長に航路、泊地などの予定命令をすべて立案させ、出来上がるとじっさいに定規とコンパスを用いて正確かどうかを点検し、司令官の裁可をうける——というきめのこまかさを見せた。

航海長に全幅の信頼をおいているが、同時にミスを生じて責任問題に発展しないように気配りをしているのである。

——大ざっぱなようで、なかなかこまかい。

それでいて、起案者にたいする心遣いは相当なものと、野元航海長はすっかり小沢信奉者の仲間入りをしてしまった。

第三艦隊の新長官に小沢中将をむかえて、野元大佐はわが意を得たりと大舟に乗った安心感があったが、気がかりなのは高田首席参謀以下の頭脳集団が新長官とうまく波長を合わせていけるか、の危惧であった。

何しろ旧南雲司令部時代、幕僚たちが一致して作戦を主導するカミソリ集団であったから、長官——参謀長の存在はあって無きが如きシロモノであった。

とくに首席参謀高田利種大佐は前海軍省軍務一課長の赤レンガ組の超エリートであり、作戦参謀長井純隆中佐とのコンビはそのまま第三艦隊の長官——参謀長の役割に等しく、二人のコンビの才覚で南太平洋海戦の勝利を日本側に導いた。はたして、小沢中将は彼ら幕僚を一手に掌握できるだろうか？

野元大佐が観察していると、小沢新長官は根気よく朝食後、軍艦旗掲揚後の散歩にかならず幕僚一名を誘い、今後の航空作戦について機動部隊としての戦術、戦略をていねいに語ってきかせた。

とくに海戦要務令に説く「先制と集中」とは、いかなるものか。じっさいの航空戦指揮について長官の役割、幕僚たちの事前研究、準備について、あれこれと腹案を提起した。

野元大佐の評——。

「小沢さんは理論家の高田参謀の意見に耳をかたむけ、南太平洋海戦での戦訓を参考にしながら、あくまでも自分の作戦用兵の主張をつたえていましたね。高田さんも長官の意志をよく理解し、決して独断専行せずにチームワークを第一によくつとめておられましたよ。

したがって作戦の大枠は首席参謀が、細部の用兵は作戦参謀にと、小沢さんは巧みに二人の役割分担を決めておられましたね」

小沢新司令部の密なるチームワークについては、戦務参謀の末国中佐も認めている評価である。前述のように小沢中将の意志が日常生活のなかで徹底してつたえられているので、幕僚が起案し、首席参謀が処理した作戦計画はほとんど修正されることなく、そのまま長官に裁可された。

——まことに効率のよい作業ができた。

と、末国参謀は回想している。第三艦隊が新しい指揮官をえてどれほど活性化するのか、南雲司令部交代後の作戦展開に大いに期待されるところだが、難問は麾下機動部隊の新搭乗員の術力がどこまで回復できるのか、という最大の課題にあった。

「艦長、お世話になりました」

トラック泊地出発から呉軍港帰着前後に、艦幹部と飛行機隊指揮官の異動がつぎつぎと発令された。

十一月五日付で整備長原田栄治中佐が航空本部出仕となり、代わって第三艦隊司令部付で乗艦していた渡辺尹機関少佐が新整備長となった。

退艦のあいさつに原田中佐が艦長室を訪れたさい、話題はやはり海戦当日の甲板上の混乱におよんだ。

「故障機をつぎからつぎへと海上投棄するので一時は投げすぎかな、と案じましたよ」

と原田整備長が述懐すると、「いや、あれでいいんだ。いくさは瞬時の判断が第一だからな」と、野元艦長がなぐさめた。

「そんなことより、前夜から立ちっぱなしでめしも食わず、第二次攻撃隊を無事発艦させて戦闘配食がくばられてにぎりめしを食った瞬間、あれほどうまいめしはなかったな」

と他愛のない打ち明け話をした。海戦勝利の余韻がまだ艦内にただよっており、何でも笑い話ですまされた。

砲術長小川五郎太少佐の異動もようやく実現された。サンゴ海海戦のあと、艦内士官室での祝勝会で「なぜ、おれに転勤命令が来ないんだ」とゴネ出してさんざん〝イモ掘り〟をやって暴れ、新任の野元艦長から「いいかげんにせい！」と一発食らった不満分子だったが、その後二度の海戦をへてだいぶ大人しくなった。

大塚礼治郎、今宿滋一郎、石丸豊など個人的にも親しかった後輩士官たちがつぎつぎと戦死して行くのを見て、自分の保身のみを考えているわけには行かなくなったのだろう。艦長に人事異動の報告をするさいにも表情は固いままで、「十一月十五日付で退艦することになりました」と殊勝な口ぶりであった。

「つぎの勤務先はどこかね」

「館山海軍砲術学校教官です。若い学生たちを相手にうまく教えられるかどうか。実戦配備のほうがまだやりやすいです」

と意外なことを口にした。三度の海戦で一発の被弾も出さなかったことが、唯一彼の勲章となっているらしかった。


瑞鶴首脳の人事はこれだけで、光井副長、大友航海長、松本飛行長、大鈴機関長はそのまま。新任の砲術長は海軍兵学校教官配置の宮本実夫少佐が入れちがいに着任し、「願います」と簡単なあいさつのあと、さっそく防空指揮所の砲術長配置の点検にやってきた。

砲術長伝令の西村肇一水は、秋田生まれだがべらんめェ口調の闊達な小川砲術長に馴染んできたが、新任の砲術長が広島出身の実直そうな初印象だったので、「まあ、慣れるまでお手並拝見といくか」などと古参兵らしい感想を洩らした。

すでに彼は、真珠湾いらいインド洋機動作戦から三度の海戦を経験した古強者となっていたからだ。

2

同月二日、横須賀軍港に帰着した僚艦翔鶴は飛行甲板左舷に二発、右舷に一発の命中弾をうけ、艦内戦死者一九八名を数える大被害をうけたので、乗員交代、首脳人事も大がかりなものとなった。

有馬正文艦長のもと、整備長に向山総男機関中佐、機関長に末吉盛太郎機関中佐が着任し、航海長に中村二郎中佐が赴任した。運用長も阿部正平中佐が交代し、サンゴ海海戦の体験者、塚本航海長、福地運用長のベテランコンビ二名が離艦するという手痛い人事となった。艦首脳は一変したが、戦訓はまた一から全乗員が学び直して行かねばならない。

余談だが、戦艦陸奥に赴任した福地周夫中佐は奇しくも瀬戸内海での陸奥爆沈事件に遭遇し、九死に一生を得ることになる。

村田重治少佐、関衛少佐の雷撃隊長、艦爆隊長両名をはじめ、搭乗員戦死者五三名を出した翔鶴では、当然のことながら人事局員が来艦して交代要員の打診をはかったが、有馬大佐から、

「真珠湾いらい、作戦に参加した者はミッドウェー海戦時の転勤組もふくめて、この際内地で休養させてやりたい。しばらく休暇をあたえてやってくれ」

との強い要請があり、もちろん休暇とは内地の練習航空隊配属の意味だが、さすがの人事局員も有馬大佐の強固な意志に勝てず、主だった搭乗員は内地転属組に転じることになった。

十一日、横須賀軍港にドック入りしている翔鶴で、一部の下士官兵に転勤命令が出た。

戦闘機隊の上空直衛組の小平好直一飛曹は「おい、人事異動が出ているぞ」と教えられ、支度をととのえて待っていると、同期の菊地哲生はデング熱にやられて病状悪化のまま横須賀海軍病院送りと決まった。辞令は築城航空隊教員である。

小平一飛曹はさして身の回り品などなくて衣嚢《いのう》一つ。全員が分隊長にあいさつをして舷門に出て行くと、意外なことに有馬艦長が第一種軍装で見送りに来ていた。「ご苦労でした」と一人ひとり手を握り、別れを惜しむかのようにじっと相手の眼を見つ

める。

——艦長は泣いておられる。

有馬大佐の浅黒い顔が涙にぬれて頬に涙がしたたり落ちる。こんなに真近に艦長の素顔を見たのははじめてであったが、意外と背が低く、視線は同じ高さになる。

「ご苦労であった。今後は陸上でゆっくり休養し、訓練にはげんで次の戦いには奮闘してほしい」

真正直な艦長の言葉は、ほとんど上級士官との交流のなかった小平一飛曹の胸に熱くひびいた。「艦長、お世話になりました」といいながら涙で声も出なかった。

艦長以下、残留乗員の「帽振れ!」で送られて舷梯を降りる。ベテラン搭乗員の内地教員配置は交代要員のやりくりが大変で、艦爆隊操縦員の古田清人一飛曹は十二月末になって宇佐航空隊教員へ。艦攻隊員徳留明一飛曹は大井航空隊、松田憲雄三飛曹も同隊へやっと辞令が出た。

その交代要員として連日、新搭乗員たちが配属され、下士官居住区の空気も一変してしまった。

さる十月四日、源田実飛行長の軍令部出仕が決まりいそぎ南方戦線から松本真実少佐が派遣されたが、松本飛行長のもとで南太平洋戦線を戦い、小沢機動部隊の旗艦飛行長は不動の位置となった。

機動部隊の主力、第一航空艦隊の飛行機隊再編はミッドウェー作戦後と南太平洋海戦後の二度目になる。前回では新任の飛行隊長高橋定大尉が「飛行機隊は発着艦のみでよい。編隊飛行がかろうじてできるていど」と訓練期間を短縮させ、「これも意図的にやる」とまで言い切ったが、それでも米軍のガダルカナル反攻が早々にはじまり、訓練半ばで出撃して大被害を出した。

こんどもまた、再建された第一航空艦隊の全機をこの年末までには急速練成の実をあげておかねばならない。

小沢司令部の空母部隊は、

一航戦　瑞鶴、翔鶴、瑞鳳
二航戦　隼鷹、飛鷹

の計五隻である。

とくに旗艦瑞鶴の飛行機隊は、「艦攻隊（雷撃隊長）に村田重治少佐クラスの大物指揮官を」と司令部の内藤雄航空参謀に強く要請してある。

村田重治少佐――。

雷撃隊長としての第一人者であり、真珠湾攻撃に初参加していらい、ミッドウェー海戦の敗北を体験し、南太平洋海戦では空母ホーネットに決死的雷撃を敢行した。性格は明朗で統率力にすぐれ、いつのまにかついたアダ名「ブーツさん」で広く艦の内外にも親しまれた。旗艦瑞鶴の飛行隊長にはそれだけの人物をあてがってほしい、というのが野元艦長はじめ松本飛行長の願いである。

源田実の同期生で航空界の逸材と目される内藤参謀はその事情を体感しており、「心得た」と自分にまかせろ、と自信たっぷりな言いかたをした。

十一月十五日付で、呉軍港に修理作業中の瑞鶴にこれら新搭乗員がつぎつぎと姿をあらわした。

飛行隊長に田中正臣少佐。兵学校五十九期出身で、ミッドウェー海戦で戦死した友永丈市の後任にあたる。兵学校卒業時には村田重治、新郷英城らと共に昭和八年、第二十五期飛行学生となった。村田は成績抜群であったが、田中はほぼ中間の位置にある。

兵学校五十九期出身の第二十五期飛行学生は昭和八年十一月志願の三三名だが、成績トップの二人が訓練中殉職し、恩賜の銀時計組は村田重治少佐である。艦戦、艦爆、艦攻三機種のうち艦攻志望者が八名で、次席は松尾道雄。友永丈市は序列四位で、田中正臣、鍵谷保とつづく。

年齢も三十歳代前半で前線指揮官の飛行隊長クラスが適任である。友永丈市が霞ヶ浦航空隊教官から空母飛龍飛行隊長に選ばれたのも、日華事変参加の戦場経験があるからである。

田中正臣少佐も同様の経験があり、

——渡洋爆撃、奇蹟の生還者。

として、海軍部内では知らぬ者はなかった。それほど苛酷な、九死に一生を得る戦闘体験だったのである。

昭和十二年八月、日中間での緊張が高まり、盧溝橋事件でついに両国が衝突する事態となった。同十五日、陸軍部隊支援のため空母加賀が上海沖に出動。母艦機による洋上攻撃を加えることになった。

加賀搭載の兵力は、上空直衛用の九〇艦戦隊一二機、九四艦爆隊一六機、九六艦攻

隊一三機、八九艦攻隊一六機であった。九〇艦戦は航続力にとぼしく制空隊として参加できないので、艦爆隊、艦攻隊のみの出撃となった。田中正臣中尉（当時）は八九艦攻の小隊長である。

事変初期で、指揮官たちにも油断があったのにちがいない。岩井庸男少佐以下一六機は台風直後の広徳飛行場攻撃にむかい、悪天候にはばまれて第二目標に行先変更した岩井第一中隊八機は、田中中尉をのぞいて全機が未帰還となった。

待ちうけていたのは中国軍のカーチスホークⅢ型の戦闘機隊で、米国退役軍人などが義勇軍として乗りこんでいた。彼らの活躍により、劣速の八九艦攻隊は全八機が機銃弾をあび、ようやく脱出できた田中機は機体に十数発の被弾があり、尾部は千切れてボロボロ状態になっていた。

これは、あわてた味方機銃手が自分の旋回銃で射ちぬいたもので、操縦者の田中中尉は恐怖のあまり座席に坐りこみ、同期生の阿部平次郎中尉の手助けを借りてようやく立ち上がったという。「奇跡の生還」ではあったが、その狼狽ぶりは正視に耐えぬものであったと、阿部回想にある。

その後、田中中尉は練習航空隊に転じ、大尉教官として霞ヶ浦航空隊に二年、大分航空隊に一年と、実戦部隊から離れる生活をした。だが、口八丁手八丁のやり手である。自身の体験を基本にした意見書を海軍省に送付し、恩賜研究資金、賞状を受領している。

村田、友永両先任が戦死したいま、艦攻隊の第一人者として田中少佐は意気揚々と旗艦瑞鶴に乗りこんできた。

鹿屋空飛行隊長がその前身で、初対面のあいさつののち、さっそく松本飛行長に意見具申した。

「艦攻隊の被害を最小にする戦術がありますよ」

新戦法の実現こそ自分の使命だと、大張り切りなのである。

同じ日に、艦攻隊先任分隊長として清宮鋼《せいみやはがね》大尉が鹿屋空分隊長から共に派遣されてきた。彼は檮原《ゆずはら》正幸大尉の兵学校一期上で、これでようやく瑞鶴艦攻隊の指揮官体制が確立したのである。

艦爆隊長は高橋定大尉が生還してきたので、残るは艦戦隊長の人選のみとなった。最初に分隊長白根斐夫大尉が真珠湾攻撃いらいの歴戦パイロットなので他出することが決まり、横須賀航空隊分隊長兼教官の辞令が出た。ついで交代要員として飛行隊長に選任されたのは、築城空飛行隊長兼分隊長の納富《のうとみ》健次郎大尉であった。

納富大尉は大正三年一月、佐賀県生まれ。二十七歳。上背があり、顔はいかつい野性味にあふれ、いかにも戦闘機乗りという雰囲気の人物であった。

隊長機としていつも真っ先に発艦し、白いマフラーをなびかせて飛び立って行く戦闘機隊長の勇姿は、

――瑞鶴に納富あり。

との乗員たちに熱い想いと期待を抱かせた。

彼自身はたえず格納庫に姿をあらわし、機体を自分の手でていねいに磨き上げた。整備兵がおどろいて、「それは自分たちの仕事です」と言っても、「おれの愛機はおれの棺桶のようなものさ。だから、自分で磨き上げるのだ」と笑って機体のそばから離れなかった。

兵学校では六十二期で、高橋定大尉の一期下だが、「彼は在校中から目立つ男で、下級生徒からの信頼も篤かった」と納富に好意的である。飛行学生は昭和十二年十月入隊の第二十九期だが、成績は上位より二番の優秀さである。

日米開戦後、最初に配属されたのは軽空母祥鳳の戦闘機分隊長で、上空直衛に飛び立っているあいだに味方空母が撃沈され、やむなく不時着水して救出された。乗機は零戦でなく旧式の九六艦戦で、あまり活躍する余地はなかったようである。

ついで八月に龍驤乗組となり、この空母もソロモン海で撃沈されたため戦勝の甘き瞬間を味わうことがなかった。

ようやくこの十一月十五日付で瑞鶴飛行隊長となり、第一線機の飛行隊長として南東方面で活躍する舞台を得たのである。

瑞鶴戦闘機隊は納富隊長のもと先任分隊長宮嶋尚義（注、翔鶴より異動）、後任分隊長荒木茂の編成が成り、さっそく艦隊戦闘機隊の猛烈な訓練がはじまるのである。

第二章　男たちの新生瑞鶴

対立

1

南太平洋海戦で生き残った搭乗員たちは転勤組をのぞいて、十一月八日から佐伯航空隊に移動し、整備員たちとともに初期訓練を開始していた。

八重樫春造飛曹長は真珠湾いらいの古参組でそろそろ第一線から内地教育部隊への異動の声がかかる潮時だったが、いっこうにその気配がない。准士官室では新野多喜男、金沢卓一、金田数正らがハワイ作戦いらいの仲間だが、新野は戦死し、姫石は転勤、金沢はマラリアが再発して海軍病院送り。佐伯基地の天幕でただ一人、新編成の艦攻隊テントで無聊をかこつばかりである。

「檮原《ゆずはら》大尉、こんどの異動はボツですか」

呉軍港で修理中の瑞鶴に一時帰艦していた分隊長檮原正幸大尉に声をかけてみたが、

「貴様には艦攻隊に残って若い者をビシビシきたえてもらわにゃならん！」と一蹴されるのみ。

——これじゃあ、死ぬまでこき使われるぞ。

と、八重樫は臍《ほぞ》を固めた。

檮原大尉の肚は読めていた。南太平洋海戦で今宿飛行隊長以下主だった艦攻隊員を一挙に喪い、自分が先任分隊長として残留するにはベテランの准士官リーダーがいる。その役割全部を先任搭乗員兼分隊士の八重樫に背負わせようとしているのだ。

「新飛行隊長人事が決まり、田中正臣少佐がまもなく来隊されるぞ」

檮原大尉はまっ先に新飛行隊長の名を口にした。支那事変での勇者で、檮原大尉の七期上。ミッドウェー海戦で壮烈な戦死をとげた友永丈市大尉の同期生で、鹿屋空飛行隊長を務めていた。

もちろん、八重樫飛曹長は田中少佐の名を知らない。どんな飛行隊長が来て、どんな戦法を説こうと九七式三号艦攻の整備を知りつくしている自分にとっては、また兵学校出のシロウト隊長がわけのわからぬ説法をくり返すのかとウンザリしていた。何しろ自分は真珠湾攻撃の第二次攻撃隊総隊長嶋崎重和少佐の秘蔵っ子だったという自負がある。

「田中少佐は見敵必中の雷撃戦法を持ちこんできたぞ！」

と檮原大尉は思いがけないことを口にした。すでに松本飛行長を通じ司令部の内藤参謀の了解をえて、さっそく猛訓練を開始するという。

「敵の電波探信儀をくぐりぬけて、全機必中の画期的戦法だ」

檮原大尉はすっかり新飛行隊長に洗脳されていた。

――戦法とはズバリ、敵の電探の網にかからないように超低空で目標に接近する。指揮官機（田中少佐機）は味方誘導機の通報をうけて時折高度をあげ、目標を確認する。超低空での接敵は味方雷撃機の被害を少なくし、しかも海面スレスレだから米グラマン戦闘機も攻撃しにくい。

「この新戦法は二重の利点がある」

と田中少佐は高言し、同席していた松本飛行長、清宮大尉をうならせたという。攻撃開始前のグラマン機による被害は甚大であったからだ。

八重樫飛曹長は低空接敵を耳にするなり、

「それは単なる空理空論ですよ」

とあっさり否定した。米軍のレーダーは海戦ごとに長足の進歩をとげ、接敵ぎりぎりの距離でなくてもちゃんとキャッチして、事前に二重三重の防空体勢をとっている。

八重樫飛曹長は二度の雷撃戦を体験した。はじめてのサンゴ海海戦では、嶋崎隊長機の二番機として突入。「敵戦闘機に追われることなく方位角、魚雷の速度調整ピッタリでしたね」

二度目の南太平洋海戦ではグラマンに捕捉された。

「近くのスコールに突っこんで難を逃れた。そのあと、全速で雷撃に突入しましたから、命中したかどうか自信がありませんでした」

檮原大尉は八重樫飛曹長の体験談をじっくりきいた。「ですから、こんな新戦法は役に立たないから、賛成しないで下さい」

八重樫飛曹長が念を押すと、檮原大尉は困惑した表情になった。結論は出されていて、すぐに訓練が始動する予定なのである。八重樫飛曹長は自分の反論がつたわらないと判断して、トラック島進出時の研究会で田中少佐と正面衝突する。どちらも一歩も退かない、強硬論者である。

飛行甲板では、艦攻隊の発着艦訓練が開始されていた。飛行隊長田中正臣少佐を指揮官機として、第二中隊長清宮鋼大尉、第三中隊長檮原正幸大尉それぞれが九機ずつ、全二七機を指揮して離着艦訓練にはげむ。

南太平洋海戦時には艦戦一八、艦爆二七、艦攻一八機の編成であったが、雷撃の威力を尊重して艦爆一八、艦攻二七機に編成替えをしたのである。

隊長機の偵察員は田中一郎大尉。空母ホーネットへの水平爆撃を担当した偵察の分隊長である。飛鷹分隊長として旧瑞鳳艦攻隊がそのまま移乗し新編成したのだが、飛鷹が内地へ帰還して再編成をはかることになって、瑞鶴に転任してきた。

瑞鶴に転任すると、田中少佐からさっそく「おれの偵察席に乗ってくれ」と命じられ、総隊長機の偵察員となった。誇らしい気持だった。田中少佐は兵学校五十九期の最古参で、三艦隊全機の空中攻撃隊総指揮官機である。ハワイ作戦時の淵田中佐がその位置で、新しい第三艦隊では田中少佐がその華やかな任務を背負うことになる。

「私は内藤航空参謀から、艦攻隊を早く一人前に育て上げてくれと督励されていたので、急速練成で必死でした」

とは、田中少佐の弁。偵察員として六十七期の田中一郎大尉が人事異動で瑞鶴入りしてきたのが、もっけの幸いであった。総指揮官機の偵察員は編隊各機との連携のみならず、全攻撃隊を誘導、また航法すべてに責任を負う。

もう一点、田中少佐が持ちこんだ新戦法が急速訓練の主役となり、総指揮官機偵察員として重要な役割をはたさなければならなくなった。

超低空雷撃法——これは司令部幕僚たちだけでなく、小沢司令長官も納得させた——は、雷撃戦で味方機が好射点にたどりつく前に直衛のグラマン戦闘機群に阻止され、ほとんどの機が海上に叩きつけられる現状を改善したもので、通常高度三、〇〇〇メートルで接敵するのを海面スレスレの超低空を飛行することでレーダーによる被発見をさける利点がある。

指揮官機は時どき上空に出て目標をとらえるまで急速接敵する。「敵発見！」と同時に高度を上げ、一気に目標に殺到する。

「もし途中でグラマン戦闘機に妨害されたら……」の懸念には、「超低空の味方機を背後から銃撃するのはとても難しい」と田中少佐は自信たっぷりに宣言した。

「もし途中で敵機に発見されずに好射点についたら、魚雷命中は君たちの腕次第だ」と楽観的なことをいった。

田中大尉は村田重治少佐たちの戦死状況を耳にし、「この超低空接敵法で〝死中に活を求める〟ことができるかもしれんぞ」とほのかに希望を抱いた。当否はどうあれ、つぎの海戦ではこの新戦法で行くしかあるまい、と心に決めた。

3

艦爆隊の基地は鹿屋《かのや》におかれていた。旧式の九九艦爆がズラリと列線にならぶなかで、隊長高橋定大尉は二度目の搭乗員練成にはげむことになった。瑞鶴艦爆隊に配属されたのは昭和十七年六月のことで、ミッドウェー海戦敗北の直後になる。ソロモン列島の攻防戦にそなえて、短期訓練で二十歳代の若輩《ジャク》搭乗員を一人前の艦隊搭乗員として育て上げる。そのためにも、着艦訓練はやらない、急降下訓練、射撃訓練はやらない。「大編隊の接敵展開運動を中心にして、ベテラン搭乗員の後を追い、一気に急降下爆撃をする」という一回かぎりの急降下成功を目標にして、よけいな応用訓練をはぶいたのである。

高橋定隊長は第一中隊九機を、第二中隊長平原政雄大尉は九機を、合計一八機が全兵力である。

平原大尉は新潟の人。兵学校六十六期の同期生は艦攻隊の檮原正幸大尉。分隊士に米田信雄中尉がおり、これら兵学校出身士官をのぞいて、残る三十余名の艦爆隊員たちは実戦経験のない若い搭乗員ばかりである。飛練を卒業したばかりのヒヨコもいた。

第二次ソロモン、南太平洋海戦と二回の空母対決を経験して痛感したことは、九九艦爆という日本海軍の傑作機の、今や時代おくれという冷厳な事実である。速力も鈍足で、武装も貧弱な機体に乗りこんで、それぞれに悔む結果を生んだ。

「早く次期艦爆の登場を」

と再三にわたって要求するが、飛行長松本真実中佐も苦渋の表情を見せるばかり……。

たしかに次期艦爆の有力候補として二式艦上偵察機（のちの「彗星」）が瑞鶴にデビューし三機が搭載されているが、水冷エンジンの高速機と性能を誇っているものの、初めてのエンジン搭載で故障も多く、整備員の手に負えず空技廠の技師が派遣されて水冷エンジン調整に取りかかる始末。

茶目っ気のある田中一郎大尉が隊内で、

「今日も試飛行、明日も試飛行、毎日毎日試飛行試飛行」

と冗談口を叩いても、高橋大尉としては他人事ではない。「まだまだ実戦には使えんな」と松本飛行長の気落ちした表情をみると、当分旧式の固定脚、九九艦爆で戦うしかあるまいと機材の更新には絶望的となった。

高橋大尉はせめて旧式とはいえ、九九艦爆の貧弱な武装を強化する改造ができないかと、これも再三にわたって要求した。機銃手の七・七ミリ旋回銃の豆鉄砲を一三ミリ機銃に換装するのが便法である。

「まあ、ちょっと待て」

これも、上層部からははかばかしい返事がない。横空で実験中といつもの調子の返事がきて、暗澹とするばかりである。

伊予灘の瑞鶴艦上では、艦戦隊による着艦訓練が引きつづきおこなわれていた。

零戦隊二七機の先頭に立つのは納富《のうとみ》健次郎大尉。編隊の先頭からさァーと一機のみ抜け出すと急旋回で母艦上にまわりこみ、機は格納庫に下げて自身は発着艦指揮所に陣取った。取りあえず擬接艦《ぎせつかん》、接艦、着艦と一通りの離着艦作業を克服しなければならない。艦戦隊は上空直衛任務があるので、一日も早く母艦作業に慣れなくてはならない。

第二中隊長を吉村博、第三中隊長を荒木茂両大尉がそれぞれ指揮し、各隊の先頭に立って急速着艦訓練にはいる。擬接艦はいわゆる「タッチ・アンド・ゴー」の要領で、一機ずつ解列して第四旋回から着艦コースにはいり、両脚と尾輪との三点セットで飛行甲板に降り立ち、タッチしてすぐまた離艦する操作をくり返すのである。

納富大尉は編成表を手に全機の着艦進入をチェックし、採点をつける。隊長としてきびしい統制の主として知られ、着艦の操作がよほどの技量がないかぎり、「よし」と承認する声は出なかった。失敗した零戦搭乗員はとくに目をつけて、その日のうちに何度もやり直しを要求された。

「さあ、あれがおれたちの零戦だ。しっかり見てろ!」

艦橋下のバリケード柵近くに整備員たちの固まりがあり、整備班長の叱咤する声がした。硬直したようにききいるのは新入り整備員ばかりで、海兵団を出たばかりの若者たちは、この日から飛行甲板上での作業に取りかかるのだ。

4

中野正男一等整備兵（一整）はこの十二月に大竹海兵団の四ヵ月初期訓練をおえ、最初に配属されたのが、旗艦瑞鶴であった。配置は着艦制動機員。各飛行機が着艦のさい甲板上に張られたワイヤー（索）に着艦フックを引っかけて、制動がきいて甲板上に停止する。その索の見張り番である。

本日は擬接艦なので、索は張られていない。

「中野は七番索を担当してくれ。危険な配置だから気をぬくな。しっかりやれ！」

整備班長の指示で、要注意の七番索を担当する羽目になった。飛行甲板前方より一、二、三番索と一〇番まで配置され、前方の三本は使用せず、ふつうは五、六番索で飛行機の行き足を止め、七番索から一〇番索はその最後の砦《とりで》となる。

着艦態勢にミスがあったり、戦場で傷つき機体に異常があったりする場合に、母艦上で最後の着艦チャンスがあるのが中野たちの七番索である。発着甲板の上、高さ二〇センチぐらいのところに直径二〇ミリのワイヤーを張り、これに着艦フックが引っかかれば最下甲板の制動機に電流が送られ、ワイヤーを約一五メートル引き出したところでドラムブレーキが働き、制動される。

各索順に三人ほどの整備兵が張りつき、飛行甲板のポケットから飛び出してワイヤーを外し、次の着艦機に備える。ピンと張りつめたワイヤーが切れる場合があり、ムチのように鋼鉄線が跳びはねて整備兵を直撃することがあり、きわめて危険をともなう。零戦の急速収容の場合、このワイヤー切れを充分注意してかからないと命を奪われる恐さがある。

中野一整が体験する危険な任務は、彼にとってはさほど恐怖ではない。大竹海兵団に徴用される前、彼は南方航路を往く船員で、昭和十七年六月、シャム湾で米軍潜水艦による魚雷攻撃で乗船が撃沈されたことがある。暗い海に放り出されて救助の船舶もなく、死の恐怖と戦いつづけた。

——戦争だから危険は覚悟ずみ。

死と隣り合わせの任務だが、この海難の経験が彼を太っ腹な性格へと転じさせたようである。

納富大尉以下の擬接艦訓練を注視していた者は、他にもいた。発着艦指揮所の下にある探照灯甲板で、応急員も兼ねている整備科発着機電路員の新入り乗員、上田六助二等機関兵曹である。発着艦にともなう電気調整が主な任務で、事故が起こらぬように安全第一で各機が訓練終了することを願っている。

上田二機曹によれば、納富隊零戦の練度といえばベテランの搭乗員がやはり少なく、練成途中の発着艦未経験の者も多くいたようである。

——異変が起こったのは、訓練を開始して二度目の接艦に零戦隊が一機ずつ、飛行甲板にタッチして再上昇していく猛訓練がはじまったころのことである。

一機が第三旋回をおえ第四旋回で一直線に進入してきた。風防を空け、搭乗員がマフラーをなびかせながら真剣な表情で接艦態勢にはいるのが見えた。

——このまま進めば、ドンピシャリだ。

中野一整が搭乗員の伎倆に関して感嘆の声をはなつと、何を思ったのか零戦は母艦上に進入して再上昇せずに左舷よりの甲板を突っ走って行く。

「おい、危ないぞー」

七番索待機組の整備員が声をはなつと、機はそのまま飛行甲板をすべり落ち、ドブンと海中に転落していった。トンボ釣りの駆逐艦があわてて該当海面に駆けつけるが、海上に残されたのは沈没直後の白い泡だけであった。あっけない最期であった。

第三次ソロモン海戦始末

1

一方、ソロモン戦線では、米軍の大攻勢がますます強化されていた。

在トラックの連合艦隊司令部は南太平洋海戦の勝利に〝ミッドウェーの仇〟を討ったと有頂点である。

宇垣参謀長はいままでの中途半端な戦勝を喜ばず、また翔鶴、瑞鳳の被弾にたいしても「一時の損傷に眩惑せられて機動部隊本隊及二航戦部隊」は全力攻撃せよと叱咤した。その結果、「空母四隻、戦艦四隻を捕捉し、其の全空母を撃滅、敵を潰乱に陥れ」たのである。

これは大本営発表でじっさいの戦果は米空母ホーネット撃沈、エンタープライズ大破ではあったが、これにてソロモン海を跋扈《ばっこ》していた米空母群を一掃したと信じたのである。

陸軍側は十月二十六日総攻撃の失敗を知り、かえって大反攻の好機とみた。参謀総長杉山元大将より発信せられた激励文は、どうも第三者には理解不能である。

「諸情報を総合するにガ島の敵は孤立包囲せられ窮境に陥りつつある模様であり、一挙撃滅の好機であるから、要すれば所要の戦力を至急投入し、形而上下の戦力を発揮してあくまでも目的完遂に邁進すべし」

田中新一作戦部長による指導電は、さらに机上で実態のとぼしい命令文となる。

「南太平洋海戦の戦果は極めて大きい。米国側放送等から見ても敵の苦悩は大きく、今一押しの感が少なくない。攻撃要領としては従来の白兵奇襲方式によることなく、各種戦力特に砲兵火力を敵陣地に集中しこれを突破する必要がある。

作戦目的達成のためには敵飛行場の使用を封止することが緊要であり、第十七軍の今後の攻撃部署においては第十七軍主力をロソ付近に使用することなく歩、砲兵を統合しやすいマタニカウ河方面から諸戦力を統合発揮して攻撃する必要がある」

一大反攻には重火器と豊富な弾薬、糧食が必要である。転進を命ぜられた第二師団主力は二十七日マタニカウ河方面から米軍の大攻勢に遭遇し、そのために側背をつかれ西進を余儀なくされた。

当時第二師団主力は「糧食はほとんど食べつくし、後送も途絶しているうえに後退は困難をきわめた。重火器は運搬困難なままおき去りにされた」という。右翼隊であった東海林支隊は糧食、弾薬は第二師団主力と同様、ほとんど尽きていた。

だが、陸軍側は総攻撃の失敗を断じてみとめようとはしなかった。杉山参謀総長の言によれば、「一挙撃滅の好機」であり、もう一押しの戦力さえあればガ島奪回成ると見ていたのである。

補助兵力は独立混成第二十一旅団（山県栗花生《つゆお》少将）と第五十一師団（師団長・中野光治中将）で、わざわざ参謀本部の服部作戦課長が在大和司令部を訪問し、そのむねをつたえている。おびただしい火砲や基地航空機群の徹底した抵抗にもかかわらず、「兵たちによる白兵突撃」で勝利は確実なものと安心しきっているのである。

次期輸送計画については在ラバウルの陸海軍参謀同士が協定を作り上げた。

「十月二十九日、三十日　駆逐艦二隻
三十一日、十一月一日　駆逐艦一隊ほかにて輸送を実施
二日～四日　輸送船七隻、外にラエ設営隊を実施
五日　陸軍砲による飛行場射撃強化
六日、七日　輸送船五隻
八日、九日　輸送船五隻
十一日～十三日　輸送船八隻
十四日～十六日　輸送船七隻」

あれだけの失敗をくり返しながら、同様の船団投入による兵力輸送で新戦果をあげようとする陸軍第十七軍の戦法を見て、あまりに現実性のない作戦方針に三和作戦参謀が、

――こんな連中では見込みがないのではないか、

との不満をもらした。三和日記の記述。

「ガ島作戦四度目の準備作戦に入る。旅順と同様なり、杜撰《ずさん》な計画がいかなる結果を招来するや好例乎」

こうした海軍側の機先を制するように、陸軍中央は作戦家のキレ者、前述の服部作戦課長を連合艦隊司令部に送りこんできた。

二十六日の飛行場奪回作戦には失敗したものの、各戦線での熾烈な攻防の詳細は不明である。連合艦隊司令部からラバウルの第十七軍司令部に渡辺安次、佐々木彰両参謀が事情聴取に出かけたが、「陸戦失敗の実情がよくわからなかった」との報告である。

強気一辺倒の服部作戦課長は、その明確でないポイントを鋭くついた。

「陸軍は七個師団をポートモレスビー攻略をふくめた同方面に投入し、一挙に挽回する予定だ」という。これからは自分が先頭に立って作戦指導に集中する、と断言し、前途に不安を抱いていた宇垣参謀長を喜ばせた。

2

南太平洋海戦後、第三艦隊の機動部隊は翔鶴、瑞鳳が被弾修理のため内地にむかった。瑞鶴も駆逐艦三隻を直衛にして呉海軍工廠で次期作戦参加のため応急修理中である。

　したがって、在トラックの連合艦隊司令部は前進部隊の第二艦隊だけが稼動できるのみである。

　飛鷹は艦内火災のためトラックで修理中であったが十月二十六日内地帰投。前進部隊司令官角田覚治中将の手持ち空母は隼鷹一隻となる。これでガダルカナル奪回作戦の最終局面にぶつかるのである。南太平洋海戦の勝利は大きいが、思いがけない兵力劣勢となった。

　十一月十二日、第三十八師団主力を載せた一一隻の輸送船団がショートランドを出発。これを護衛する第十戦隊、第二水戦駆逐艦五隻と陸上攻撃の第三艦隊（比叡、霧島）と米側とで戦われたのが第三次ソロモン海戦である。


　ふしぎなことに、米側勢力を見ると海戦で中破したはずの空母エンタープライズ部隊が参加している。第三艦隊の空爆により二五〇キロ爆弾×二の被害をうけているはずだが、ハルゼー提督は同艦を決して西海岸まで派出して修理をする予定はなかった。いったんヌーメア基地に寄港し、ここで多勢の修理工を積みこんでガダルカナルの戦場に突出してきたのである。

エンタープライズをひきいるキンケイド少将は十一日ヌーメア基地を出撃。ガダルカナル島沖をめざして猛進撃を開始した。北進中の〝ビッグ・E〟ではハンマーの音がひびき、溶接の火花が飛んだ。その前部エレベーターは日本機の攻撃によりまだ可動せず、応援の重巡洋艦ペンサコラと駆逐艦グウィン、プレストン三隻はソロモン海を南下中であった。米国海軍はガダルカナル攻防の最終場面で総力をあげて戦おうとしているのだ。

十二日午後二時四〇分に水陸両用部隊指揮官リッチモンド・ターナー少将は、

「日本空母二隻出現！」

の報に何の行動もとらなかったが、キンケイド少将はさっそく一〇機の捜索機を派出している。地点はガダルカナルの南々東四〇カイリ。飛行甲板には攻撃機が準備され、日本空母発見と同時に進発する予定であったが、当該の空母隼鷹は索敵圏外にいたため、海空戦は生起しなかった。

もし実現していれば、南太平洋海戦に新たな一頁を加えたはずである。

キンケイドは以上の経過から作戦行動を中断して、可動搭載機をヘンダーソン飛行場に一部を分派することを決定した。すなわち、ＴＢＦアベンジャー九機とワイルドキャット戦闘機六機である。

話は少し先になるが、キンケイドによって送りこまれた攻撃機が最初に目標を発見したのは、洋上で損傷し護衛駆逐艦によって守られている戦艦比叡であった。ＴＢＦのサザーランド大尉が発見し、サボ島の北一〇カイリ洋上の日本戦艦に止メを刺そうとした。

これは十二日、第三十八師団将兵を運ぶ一一隻の輸送船団が陸軍側の要請をうけて阿部弘毅中将の戦艦二（比叡・霧島）、軽巡一（長良）、駆逐艦一六による直衛部隊を派出させたものである。相も変わらず戦艦部隊によるガ島飛行場への艦砲射撃である。

これにたいし、果敢なハルゼー中将はダニエル・キャラハン少将の重巡五、駆逐艦一六の水上部隊突入を命じた。

夜戦がとつじょとして生起したのは、日本側にとって僥倖というべきかも知れない。ガダルカナル島めがけて第十一戦隊の比叡、霧島が艦砲射撃を開始すると同時に、木村進少将の第十戦隊の軽巡長良、駆逐艦三隻が護衛の位置につく。さらに所在の敵をもとめてショートランド基地から馳せ参じた高間完少将の駆逐艦四隻が警戒位置につく。

ここで午後一一時四〇分、右前方六キロの地点で高間少将の駆逐艦春雨と夕立が七隻の黒い艦影に気づいた。キャラハン少将の巡洋艦部隊である。彼らはすでに、レーダーで日本艦の位置をさぐっていたのだ。

日本艦隊の先頭に立つのは、勇猛で知られた夕立駆逐艦長吉川潔中佐である。夕立を先頭にした日本艦隊はこれも単縦陣で連なるキャラハン部隊とたがいにすれちがった。

「射ち方はじめ、奴らをやっつけろ」

十三日午前二時一五分、キャラハン少将の命令で海戦の火ぶたが切られた。暗夜のため、サーチライトが交叉し、比叡の主砲弾が重巡サンフランシスコの艦橋に命中し、キャラハン少将が戦死した。混乱のなか、重巡サンフランシスコの砲弾がアトランタに命中し、ノーマン・スコット少将を斃《たお》した。

米国はこのアトランタのほか駆逐艦四隻を喪失し、日本側はサーチライトを点灯していた戦艦比叡に砲弾が集中し、海上に浮かべる犠牲《いけにえ》となった。

ガダルカナル沖海戦は三日にわたってつづけられた。ターナー提督は麾下のダニエル・J・キャラハン少将に日本艦艇攻撃のため巡洋艦五隻と駆逐艦八隻を派出。第三次ソロモン海戦に突入したのである。

米軍にとっての幸運は、日本艦隊が陸上基地への艦砲射撃として威力はすさまじいが、対艦船用通常爆弾を装備していなかったことである。これではどのような命中弾も威力を発揮しない。

キャラハンは過去のスコット方式により単縦陣となり、日本艦隊にむかった。巡洋艦部隊を中央に、その前後を駆逐艦群で固める。そして旗艦に貧弱なレーダーしか持たない重巡サンフランシスコを選んだ。

この夜月明かりはなく、星は天空に輝いていた。キャラハンはアイアンボトム海峡を前にして単縦陣で突入し、その前方にはレーダーを装備しない阿部艦隊が駆逐艦を先頭に突入を開始しようとしていた。

絶好の夜戦日和である。

ほとんど衝突するかのように接近していた軽巡ヘレナのレーダーは四マイルの距離に日本艦隊を発見、キャラハン提督にただちに通報した。ここで混乱が起こった。隊の最前方で味方を誘導する駆逐艦カッシンが隊列から離れる行動をとった。これ以降、戦場は大混乱になる。

約三〇分間における近接砲戦が展開され、艦上のありとあらゆる火器が動員され、各艦単独の雷砲戦となった。

夜明けになっていかにひどい惨状となっていたかは、戦艦比叡そのものを見れば判然とするであろう。海戦のあいだ夜間照明を点じていた比叡は、逆に各艦から射撃の対象となり集中砲火八五発を被弾し、被雷数は三本である。

米側は重巡ポートランドと駆逐艦一隻は航行不能となり、軽巡ジュノーは傾斜したまま戦場をはなれた。

キンケイドの第十六機動部隊が戦場にたどりついたのは、この瞬間であった。十一月十三日の夜明け、エンタープライズはガダルカナル東南東三四〇カイリの地点にあったので、北方区域一二〇度以上二〇〇カイリ圏内に索敵機をはなった。

キンケイドはこれら索敵機の一部をヘンダーソン飛行場に派出（前出）。彼らが洋上で発見したのは傷つき、洋上に漂う比叡と随伴駆逐艦であった。

損傷した日本戦艦は抵抗力が失せ、ＴＢＦが艦首両側から侵入、二本の魚雷を命中させた。航空機の攻撃にたいしては全く抵抗もなくほとんど停止状態であった。

日本側は海戦の勝利に一安堵し、内地に帰投したが、米国海軍は攻撃の緊張を一歩も緩めなかった。

3

陸軍第三十一師団のガダルカナル増援部隊は、またしても揚陸失敗におわった。送られた船団一一隻のうち途中で米軍機の攻撃により六隻が海没し、一隻が落伍した。残る四隻は必死になってタサファロング入泊地をめざす。

連合艦隊司令部では、阿部弘毅中将による第十一戦隊の戦艦比叡、霧島両戦艦の飛行場砲撃を予定し、また重巡部隊を加えて米艦隊との交戦にそなえた。

陸軍部隊上陸に呼応しての海軍側艦砲射撃はすでに二度成功し、ヘンダーソン飛行場を火の海とさせ、壊滅的な打撃をあたえている。だが、わずかな隙をぬって夜明けとともに米軍残存機が飛び立ち、揚陸された弾薬、糧食の山を徹底的に破壊した。陸軍部隊は着のみ着のままで揚陸地点に孤立する。この同じパターンのくり返しなのである。

小沢司令部の第二航空戦隊からは空母隼鷹一隻のみが参加し、砲撃部隊の上空警戒にあたっているが、作戦参加直前に司令官角田覚治中将（十一月一日昇進）は、トラックの連合艦隊司令部にこんな意見具申をした。母艦隼鷹から特派されたのは航空参謀奥宮正武少佐である。

角田中将は、明らかに山本司令部、作戦指導にあたる黒島首席参謀、宇垣参謀長の用兵にたいして不満を抱いていた。その主旨は、以下の通り。

十月十三日の第三艦隊高速戦艦による夜間砲撃（金剛、榛名）、同十四日、十五日にわたる大型巡洋艦の艦砲（鳥海、衣笠）は見事だったが、惜しいことにその戦果を拡充していない。敵の基地は混乱し、飛行機の発着陸ができそうにないのに、こちらがあっさり引き揚げてくるから敵はその大きな設営能力にものをいわせてすぐ滑走路の修理をし、飛び出してくる。

ここで、二航戦側からは以下の作戦を提案したい。

「一、第十一戦隊の艦砲射撃は夜明け後に居坐って艦砲射撃をつづける。
二、隼鷹の二航戦部隊も積極的にガ島揚陸海岸に近接し、砲撃部隊の上空警戒と米軍基地爆撃をおこなう」
〝猛将〟角田中将らしい積極果敢な作戦である。むしろ、捨身の戦法というべきか。

その論拠はこうである。——阿部部隊の戦艦二隻による艦砲射撃によって、ほぼ米軍基地の勢力は壊滅できるであろう。夜明け後も砲撃を持続できれば、米軍機の抵抗も少なくなり、日本側の武器弾薬、糧食の海岸揚陸も高い確度で成功するのはまちがいない。同時に、空母隼鷹もガダルカナル近海に接近して敵飛行場の制圧にあたる。

南太平洋海戦で米空母の主力はほぼ壊滅し、修理ができたとしても一隻ぐらいだろう。味方空母部隊が全力をあげて作戦に協力すれば、陸軍部隊も力を得て敗勢を立て直すことができる。海戦の常識をやぶって、戦艦部隊を陸上砲撃に使ったんだから、このさいもう一踏んばりして、思い切って空母部隊を上陸作戦支援に投入してはどうか。

連合艦隊司令部が決断しえなかった究極の戦法である。

万が一の場合、空母隼鷹はくり返し、陸上基地からの航空攻撃にさらされる危険があった。さきの栗田艦隊砲撃のさい、飛行場攻撃に成功して米軍基地が火の海と化しても、せっかく突入に成功した第二師団の輸送船団六隻は揚陸直後に米軍機の攻撃をうけ、海岸で送られた弾薬、食糧が根こそぎ焼き払われた。

このときブイン基地の零戦隊、洋上からの隼鷹が支援にあたったにもかかわらず、輸送船団六隻は海岸で物資もろとも炎上した。

ラバウル基地からの航空支援、零戦隊派遣にもかかわらず、二四時間警備ができないために、海岸で揚陸物資はかならず米軍機の空襲にさらされた。

「司令官、艦隊と母艦機の連絡がなければ、とうてい物資輸送は成功しえない。どうか、もっと積極策を」

と提言した奥宮参謀案を、角田中将は自分なりに独自案として考えつくしたのであろう。

事前の作戦研究会の席上、角田中将案について奥宮参謀に連合艦隊司令部を代表して三和作戦参謀が回答した。

「同じような意見は各隊、とくに航空部隊の人々から意見具申がなされている。お説はごもっともながら、戦艦は艦隊の主力である。それほど無理をしなくても陸軍側もこんどこそと強い自信を持っているので、ガダルカナルの敵は追い落とせると確信する。ひとつ、既定計画の線でしっかりやってもらいたい」

奥宮参謀でなくても、在トラックの連合艦隊司令部が戦艦大和、武蔵を温存して将来の艦隊決戦にそなえる、という姿勢であることがわかる。相変わらずの艦隊決戦思想である。案の定、戦艦比叡、霧島両艦を使っての艦砲射撃は途中の米艦隊出現で大混戦となり、両艦とも喪失。輸送船四隻も揚陸後に物資が焼き払われ、陸軍三十一師団の逆上陸は失敗におわった。

第三次ソロモン海戦後、二航戦司令部を代表して奥宮参謀が第三艦隊司令部を訪れ、角田部隊の近況説明をおこなった。十二月五日トラックを発ち、内地へ。旗艦瑞鶴は艦体修理をおえ、着艦訓練のため、瀬戸内海西部伊予灘にあった。洋上を飛んで、瑞鶴へ。

「二航戦司令部からやってきました」

奥宮参謀が艦橋にのぼると、さっそく小沢長官が出迎え、首席参謀高田大佐が艦橋下の作戦室に案内した。

第三次ソロモン海戦での二戦艦の喪失——とくに傷ついた戦艦霧島の上空直衛に空母隼鷹機が派出され、その掩護むなしく霧島が炎上破壊されていく情況を語ると、高田参謀以下幕僚たちは沈痛な表情につつまれた。

小沢司令長官は陽に灼け、健康そのものといった偉丈夫で幕僚たちの中心にいたが、前長官南雲中将の陰鬱で、青ざめた表情にくらべて頼もしい司令長官の印象を、強く二航戦側に記憶させた。

——頼もしい司令長官だ。

思わず感嘆の声が出るほど、小沢中将はよく話をきき、肝心なポイントは押さえて質問をはなち、冷静だった。やはり日本海軍待望の人材だなと思わず納得するはずの落ち着いた存在感があった。

納富戦闘機隊長の心構え

1

飛行機隊各隊が猛訓練をつづけるなか、瑞鶴艦橋スタッフにも異動があった。年が明けて、昭和十八年一月十五日のことである。

舷門から副直将校の連絡があって、「少尉候補生四名が着任しました」と副長光井正義中佐につたえた。ほどなくして、第一種軍装に身体をつつんだ四名の若い士官が姿をあらわした。

「少尉候補生野村実以下四名が、瑞鶴乗組を命ぜられました」

と、やや固い表情で真ん中の一人が口をひらいた。少尉に任官前の少尉候補生とあって、いちおう軍帽の前章も錨から抱《だ》き茗荷《みょうが》と変わり、新しい短剣も授与されて一人前の士官になったつもりだが、階級上は少尉の下、兵曹長の上という微妙な位置づけとなる。

野村実は滋賀県彦根中学出身、兵学校七十一期の俊秀として選ばれた選良意識《エリート》の誇りがある。

「艦隊実習では何に乗ったのかね」

「武蔵です」

と答えたが、戦艦大和の姉妹艦としてあまりの巨艦に圧倒された事は黙っていた。

「艦長にあいさつしろ！」

ほどのよいところで光井副長は、野村実少尉候補生以下四名を艦長室に案内した。

「よく来たな。しっかりやってくれ」

艦長野元大佐の激励をうけて、それぞれがあてがわれた士官個室へ。翌日、野村少尉候補生は航海士として艦橋当直を命じられることになる。

同じ艦橋にはいかつい表情の小沢司令長官がいて、新米航海士にいきなり、

「航海士、ガラスは何からできているのか」

と妙な質問をした。とっさのことで正解が出てこない。

小沢長官は何をききたかったのだろうか？

航海士を命じられた若き少尉候補生野村実にとって、第三艦隊旗艦瑞鶴はどのように映じたのか。

江田島の海軍兵学校を卒業して二ヵ月余。一九四三年（昭和十八年）一月十五日、内海西部での実務実習をおえ、第七十一期生それぞれは艦隊の最前線部隊に配属された。

卒業生は五八一名。一期上の第七十期が四五〇名クラスであったから、日米開戦を想定しての士官クラス大幅増員であった。

遠洋航海はなし。江田島での修業期間は三ヵ年で、卒業後二ヵ月の実務練習が課せられた。第一艦隊の戦艦六隻による艦隊実習――長門、伊勢、日向のほか新造成った戦艦武蔵も投入された――が実質的には遠洋航海の代用とされた。

第七十一期生の特徴について、追悼録『同期の桜　海兵七十一期』（七一会）は以下のように記す。

「（七十一期生は）緒戦の赫々《かくかく》たる戦果と破竹の進撃を思い、一日も早く参戦しないと戦争が終わってしまうと真剣に考えて艦隊の第一線部隊に着任した。ところが我々の予想に反し、戦勢は逆転しており、太平洋戦争の天王山とも言うべきソロモン諸島での激闘が当時の戦況であった」

敗戦までの戦死者三三〇名。着任して一ヵ月余、ソロモン戦線で最初の戦死者が出た。これ以降、ガダルカナル撤収作戦を期に日米の激闘がつづくのだが、野村少尉候補生も第一線空母部隊で熾烈な戦場体験をする。

航海士として艦内見学してみると、機密書類や備品が散乱し、士官室、下士官兵の居住区がともに乱雑をきわめ、整理整頓が行きとどいていなかったことに気づいた。戦艦武蔵の厳格な規律と整頓を思い出してみると、空母部隊らしい磊落《らいらく》さとざっくばらんな解放性を感じさせた。だが遺品整理をせず、白木の箱がそのまま放置されているのはいただけない。

野村少尉候補生の回想。

「とくに士官室が未整理でしたね。戦死者が出た場合、兵学校同期生か馴染みの士官が遺品整理、私物の処分など世話を焼くのがしきたりだが、戦死者の数が多いので手が回らなかったようです」

飛行隊長今宿滋一郎、艦爆分隊長石丸豊大尉などはそれぞれ兵学校六十四期と六十五期で、艦内に同期生はいない。

野村航海士の最初の仕事は従兵たちを総動員して、遺品整理することからはじまった。光井副長におうかがいを立てると、「航海士、それが君の仕事だ」と体よく押しつけられたからである。

また、こんなこともあった。

着任まもなく、前線の手荒い洗礼をうけることになった。相手は戦闘機隊長、納富健次郎大尉。

航海士を命じられても(六月一日、少尉任官)、飛行機隊指揮官たちはたえず基地に出ていて馴染みがなかった。舷門警備につく当直下士官も同様であったにちがいない。呉沖に碇泊する瑞鶴へは、軍港と艦を往き来する内火艇を必要とする。当直下士官は多数の内火艇が出入りするので、一隻の艇が瑞鶴舷門をめざして猛進してくるのに気づかなかった。

舷門からの応答がないので、内火艇は海上でしばし立往生したらしい。ようやく舷門の位置がわかり、艇が横づけされると、大柄な士官がせかせかと乗りこんできた。

いきなり、

「当直士官はおるか」

と声をかけ、野村少尉が進み出ると物もいわず右の拳で一発、ガツンと頬を殴りつけ、あっけにとられる野村少尉を残してさっさと艦内に消えていった。

士官が士官を殴る——。ありえない光景に舷門警備の下士官たちはポカンと口をあけたまま。野村少尉も一瞬、いかにも傍若無人の乱暴に腹を立てたが、当直下士官があわてて事情説明に駆けよってきて、海上で無駄な時間をすごしたための納富大尉の憤りと知った。

子供っぽい人だとあきれたが、士官室に呼びつけられてネチネチと説教を聞かされるよりも、よけいな説明をせず戦闘機乗りらしい直截的な行動で、かえってさっぱりした気分となった。

航海士の任務は、航海長の補佐、その職務を分担することにある。

航海長大友文吉中佐は兵学校五十期出身。野元艦長とは六期下で、第二次ソロモン海戦、南太平洋海戦と二度の大海戦を体験し、野元——大友の操艦コンビは絶妙の間柄となっていた。

野元大佐は航海畑出身で、艦の航海、操艦を熟知しており、新参の航海士には大舟に乗った安心感があった。

航海士は艦長、副長不在の折には、当直任務につく。両者の代役をつとめ艦内諸般の作業を直接指揮するのだから、重い役割である。碇泊中は後甲板、航海中は艦橋に陣取り、甲板士官に指示して艦の日常業務を代行する。当直は昼夜を分かたず、四時間交代となる。

艦橋にのぼると、六畳間ほどの空間に羅針儀を中心として、左側の高椅子に野元艦長、その右側、羅針儀を背景にして大友航海長、その背後が野村航海士の位置である。

瑞鶴艦長——のイメージは、兵学校時代から抱いていた〝社交に馴れた外国仕込みの上品な紳士〟といった姿そのものであり、野元大佐の一八〇センチの大柄な偉丈夫は〝われらの艦長〟という誇りを感じさせた。その反対側の高椅子に腰かける人物は、司令官というにふさわしくない、

——何とも無骨一点張りの異様な形相、

という、異和感にあふれる将官であった。〝野性味あふれる〟といえばきこえはよいが、何ともスマートな海軍軍人からはかけはなれた、いかつい表情である。

野村少尉候補生は、初対面で第三艦隊司令長官に失望した。

「アダ名が〝鬼がわら〟とは、後できききました。しかし、憧れの機動部隊に乗組んで、長官が颯爽《さっそう》とした武人らしくないことで、やや落胆しました」

小沢中将は艦橋の〝猿の腰かけ〟に坐ると、時折後列にひかえた幕僚たちのうち、首席参謀に二言三言声をかける以外は無口で、いつも前方に凝然と視線をはなっていた。

よく見れば、全身に神経を張りつめていて艦橋内のどんな些事でも見逃さず、容易周到な将官であったが、新米の航海士にはそれが見ぬけない。

そんな司令官から不意に声をかけられたのは、航海士となって艦橋に出入りしはじめてまもなくのころである。

「航海士、ガラスは何から出来ているのか」

艦橋後部の旗甲板には、一二センチ双眼望遠鏡がある。野村少尉は暇をみて信号兵と談笑していたところに、不意の質問である。とっさのことで、返答に窮した。

ガラスの組成を正確に返答できなかったのが第一、第二はなぜわざわざ長官が航海士にそんなことを訊くのか、という疑問である。いったい何ゆえに、なぜ？　質問の真意がわかりかねて、頭はぐるぐる回転する。

そんな簡単な質問なら、事典を引けばすぐわかることだ。それとも長官は新米航海士をからかってのことか。しかし表情は笑っているが、眼は鋭く彼を見つめている。

「ケイ酸と石英が主成分だと思いますが、正確なことは後で調べて報告します」

と、取りあえず形だけの回答はした。「うむ」と長官は短く答えた。やはり、この質問には、何らかの意図があるらしい。

さっそくガン・ルームにもどると、同期生を総動員し、調べものを尽してだいたいの組成を細かく暗記した。小沢長官の意図がまったく見ぬけないままの速成作業である。

つぎの日、艦橋にのぼってきた長官の前に進み出て、あらましのガラスの組成を語った。

すると、小沢長官はやっと自分の真意をつたえてくれた。

「ガラスの組成はそれだけ複雑なものだから、まったく平坦なものはできない。また、光の屈折もあり、見張員がガラス越しに望遠鏡を使用するのはよくないことだ」

なるほど、長官の真意はこれだったのか！

と、はじめて合点がいくことだった。直接航海士に注意するには小さすぎる。かといって、艦長、航海長に注意を呼びかけるのは大げさだ。航海士自身が納得の行く理屈で、彼自身が反省するにはどうすれば良いか、とさりげなく叱ったのである。

艦橋の高椅子に腰かけながら、艦橋の両側にいる見張員が窓ガラスも下ろさずに見張りしている横着さをきらったのである。

2

——小沢機動部隊に出撃命令が出た。

新長官が誕生してわずか二ヵ月余。第三次ソロモン海戦の出撃時にも、ミッドウェー海戦敗北後の第三艦隊改編で新搭乗員たちの練成がはじまった時と同様に、艦隊搭乗員として一人前に成長するためには少なくとも二年。どんなにわか仕立てでも一年の練成期間が欲しい。だが、戦局の展開はそんな悠長な時間をあたえてくれないのである。

「ああ、訓練の時間猶予がほしい」

というのが、高田首席参謀の悲嘆であった。内藤航空参謀によれば、「いま米空母が出現しても、まともな対決は不可能」というのが実情であった。

連合艦隊司令部でも第三艦隊の訓練状況を理解していて、ガダルカナル島撤収作戦の航空支援という副次的任務を指定していた。すなわち、命令文では、

「一航戦飛行機隊はラバウルに進出し、敵機動部隊に備えよ」

とあり、空母瑞鶴より戦闘機隊三六機、瑞鳳より一八機を派出し、基地航空部隊と協力して米航空勢力を撃滅する使命を課せられた。

空母同士の洋上対決をはじめから回避したのである。進出時期は一月十八日、岩国沖発。同月二十三日、トラック泊地着の予定であった。

飛行機隊は各基地で最後の練成作業の仕上げに取りかかっているが、彼らの動向をおき去りにしたかのように旗艦瑞鶴にさまざまな使命が課せられた。

そのなかで異色と思われるのは、陸軍戦闘機の海上輸送である。

昭和十八年の新年をむかえる直前の十二月二十八日、瑞鶴は横須賀軍港に回航され、迷彩をほどこされた陸軍機を母艦上に積みこむことになった。

「おやおや、何をはじめるんだ!」

艦橋直上の防空指揮所でこの光景を見下ろしていた砲術長伝令西村肇二水は、意外な光景に息をのんでいた。「おれたちの母艦は単なる輸送艦に成り下がったのか」という何とも意気あがらない始末である。

「いや、これも大切な任務だ」

乗員たちの私語をききつけて砲術長宮本少佐がたしなめたが、通常は味方攻撃隊で埋められるはずの飛行甲板が見なれぬ陸軍機でみたされている光景は愉快なものではなかった。

陸軍機輸送は輸送空母龍鳳、冲鷹の役割であったが、冲鷹が機械故障のためおくれて出港。一方の龍鳳が八丈島沖で敵潜の雷撃をうけて損傷、搭載機は瑞鶴に移してトラック泊地まで運ぶことになった。

これらは在満州の飛行第四十五戦隊および第二百八戦隊所属の軽爆機で、陸軍機の南方での活躍があまりに少ないとの批判に応えて実現されたものである。

十二月三十一日、横須賀発、一月四日トラック着。

また一方で、ガダルカナル島撤収準備作戦も進行していた。

第二師団によるガ島飛行場攻撃に失敗しながらも、陸軍中央、現地第十七軍ともども同奪回作戦は翌年一月にも再興し、新たな二個師団と一個飛行師団を投入して作戦成功と確信していた。

米軍の執拗な航空攻撃、度重なる火砲にたいしどんな対抗策をとるか、具体策を明示せず、いたずらに失敗の屍を築いて行く。頼みとするのは明治建軍いらい、勝利の原因となっている銃剣突撃、白兵戦での満々たる自信である。

——銃剣突撃なら負けやせぬ。

このほぼ夢想に近い楽観論が大本営の服部作戦課長および第十七軍の百武晴吉中将を支配している。

海軍側は、時期を早めて十二月下旬に総攻撃を加えるのでなくては米側に充分な防備強化をさせると反対。時機をめぐって現地での調整がつづいていた。日本側がガダルカナル島に執着しているあいだに、とつじょ米軍はニューギニア島北岸のブナに進攻してきたのだ。

ブナ占領は日本海軍最大の南方拠点ラバウルを脅かす存在となり、両者をむすぶダンピール海峡の制海・制空権を米軍に奪取されることになる。

十二月十六日、ブナに進攻してきた連合軍勢力は約一、〇〇〇名ていどと報告されたが、じっさいはその数を大きく上回り、周辺に三つの飛行場をもつ強力な対日反攻拠点と変じていた。

この地より米軍『空の要塞』B17群を発進させれば、ラバウルだけでなく連合艦隊泊地トラック島までが攻撃圏内にはいる。敵兵力は日を追って増強され、いつまでも見通しの立たないガダルカナルに執着してはいられなくなった。

十二月二十七日、陸海軍の作戦主務者がガ島奪回作戦の図上演習をおこない、米軍の制空権下物資をガ島沿岸に揚陸できる可能性は三分の一以下。どんなに情況がよくても三分の一がせいぜいであり、二個師団の七〜八割を揚陸できなければ奪回は難しい、との結論に達した。

もはやガ島撤退以外に選択の途は残されていなかったのである。同三十一日、御前会議の席上でガ島撤退が正式に決定した。

連合艦隊の宇垣参謀長は早くからの撤退論者であり、

「ガ島放棄、ニューギニア確保の戦略大転換も陸軍の我執に基き容易に非ず」

と嘆いていたが、これで山本司令部の戦略大転換が実現できることになった。

3

新任航海士野村実少尉候補生はソロモン海出撃を前にして、さして緊張感はない。米主要空母のほとんどは沈められていたし、とくに新たな機動部隊との対決が予想される気配がない。昭和十八年の年初では、ガ島撤収作戦をめぐって水上部隊同士の決戦が見こまれるが、瑞鶴が主舞台となることはあるまい、と思われた。

一航戦旗艦瑞鶴と三番艦瑞鳳は一月十四日、呉軍港に回航。同十七日、岩国沖にむかった。ここで飛行機隊を収容し、トラック泊地へ出撃する。僚艦翔鶴は横須賀軍港で修理中であり、三月には戦線復帰の見込みだ。

新長官をむかえて、艦にも人にも余裕がある。その一例が飛行甲板上でおこなわれた運動会である。艦には第一〜第十二分隊まで、主砲、機銃、通信、航海、運用など各分隊に分かれているが、野村航海士は第四の航海科分隊士である。分隊長は水野通太郎大尉。

はじめに分隊内の信号員、見張員、電探員などの各班同士の選考会があり、四名が代表として選出された。決勝は全分隊が参加して、八〇〇メートル距離走を争う。

電探員寺岡明一等整備兵が十二分隊代表の一人に選ばれた。配置は電波探信儀を操る後部電探員である。

寺岡一整兵は瑞鶴に乗艦したばかりの新入りである。昭和十四年、呉海兵団卒業後、電探員の講習をうけ、日本海見島、四国足摺岬と電探員不足から点々と渡り歩き、瑞鶴の第二十一号電探装備とともに同艦に配属され、後部電探手となった。

「南太平洋海戦では翔鶴の電探員が活躍したとききました。瑞鶴ではまだ未経験なので、何とか一人前になろうと必死でした」

そんな寺岡一整兵が「スタートが早かっただけ」なのに班内で第一位。ついで分隊内でもトップとなり決勝戦でも第一位となった。

目立たぬ電探員があれよあれよといううちに優勝し、運動神経の良さ、体力強靱をモットーとする海軍内で誇らしい栄誉を勝ち取った。

分隊士野村少尉候補生が「よくやったぞ。今夜は第十二分隊は無礼講だ。酒保開けで存分に飲め！」

とはげましてくれたのが、寺岡一整兵にとっては「瑞鶴内での忘れがたい思い出であり、分隊士が懐かしく思い出される」という。そんな名誉ある出来事も、新米航海士にとっては記憶に残る青春の一コマとなった。

呉回航前にも、こんな思い出があった。

瑞鶴が別府湾に投錨したとき、当直将校の野村少尉候補生は舷門で納富健二郎大尉が上陸するのを見送った。舷門の一件いらい、この大柄な戦闘機隊長の存在がつねに頭の片隅にあって、その一挙一動が気がかりであったからである。

——今日もハデに一杯やるのかな。

納富大尉は薩摩人の酒豪で、寄港地のたびに料亭通いをする華麗な行状がよく知られていた。

その通り、内地の最後の夜を無二の親友、志賀淑雄大尉とすごすつもりであった。行き先は一流料亭「なるみ」である。

志賀は旧姓を四元といい、兵学校六十二期の同期生。とくに最上級生の一号生徒時代は同じ十三分隊。生徒長である伍長役は納富がつき、納富——志賀のコンビで下級生たちをハデにシゴキ（注、兵学校内では「修正」と呼んだ）、彼らを震撼させたものだ。

兵学校卒業後はたがいに戦闘機専修となり、志賀は第二十八期、納富はおくれて二十九期卒業（昭和十三年）。中国戦線が初のデビューとなった。

志賀は一足先に頭角をあらわし空母加賀分隊長として真珠湾攻撃に参加。その後、岡田治作艦長との折り合いが悪く、空母隼鷹の戦闘機隊長として要路を外された。開戦時、四航戦龍驤分隊長に納富健次郎がいた。

サンゴ海海戦で乗艦祥鳳が沈没したとき、こんな謎めいた行動をとり、周囲を不思議がらせている。

これは同艦乗組の海軍報道班員宮村文雄の回想によるもので、祥鳳沈没後救助された乗員の間から、奮戦した同空母の記念のために住所録を記念に作っておこうという話が持ち上がった。

ところが、戦闘機分隊長の納富大尉だけはウンといわない。結局彼は住所その他、いっさいを明らかにしないまま去って行ったという。志賀大尉はこれを納富らしい逸話ときき「すでに戦死を覚悟していたのだろう。彼らしい生きざまだ」と感嘆している。

龍驤分隊長でも同艦が沈没し、生存隊員は岩国基地で訓練にはげんだ。同基地には志賀大尉も先陣として到着し、「いずれ同じ二航戦飛鷹の分隊長か」と歓迎の意を表して、訓練は編隊、定着、空戦、夜間とおのずから相争う形となった。

ところがフタを開けて見ると瑞鶴赴任となり、さっそくソロモンの戦場に出陣するという。その別れの宴を納富大尉が開いたのである。

「なるみ」で飲んでいると、料亭の女将から「小沢さんが独りで飲んでいるわよ」と耳打ちされた。さっそく長官を訪ねようという話になり、尻込みする志賀を急かせて小沢のいる小部屋にむかった。

「長官、ご一緒していいですか」

「おう、納富君か。遠慮せずに入ってこい」

小沢中将の野太い声がした。

新長官小沢治三郎中将はトラック出撃を前にして、別府の海軍料亭で独酌を楽しんでいた。副官も連れず、司令部幕僚にも陪席を命じない、いつもの気軽な上陸である。

無遠慮な納富戦闘機隊長のとつぜんの襲来にもかかわらず、不快な表情も見せず、むしろ大いに歓待する風情に見えた。

同行の隼鷹戦闘機隊長志賀淑雄大尉が恐縮して尻込みしていると、長官は炬燵《こたつ》ぶとんの裾を上げ、

「まあ入れ。一緒に飲もう」

と風貌とは似合わぬやさしい声を出した。納富は立ち上がるとさっさと炬燵に足を入れた。むしろそれが当然といったような、甘えた雰囲気であった。

志賀大尉によると、「もともと同期生のなかでも彼は大胆な性格で、小沢長官も同様で、そんな積極性のある麾下の隊長を高く評価しているようでした」とのことである。

志賀大尉が観ていると、小沢采配とは作戦の実行、推移には長官が何事も決裁するが、それ以前の細々した事項――飛行機隊の訓練、その進捗状況、飛行機隊の課題などについては現場指揮官にいっさいを委ね、ひとことも口を差しはさまなかった。

――まことに仕えやすい長官。

であった。

二航戦の角田覚治中将も積極果敢な性格だが、猪突猛進型で制御がきかなくなるところがあるが、小沢中将の場合はその点、冷悧《れいり》で抑制がきく。短い時間でしかなかったが、志賀大尉にとっては機動部隊指揮官を直接まぢかで見聞きして感銘をうけ、また兵学校の期友納富健次郎との最期の別れとなった意味で、忘れがたい一夜となった。

小沢長官の前で納富大尉はふだんとは異なった柔らかな表情を見せ、緊張感を解いたくだけた調子になった。勧められるままに宴半ばにして得意の歌『田原坂』を歌い出したところに、心のゆるみが感じられる。

〽雨は降る降る　人馬は濡れる
　越すに越されぬ　田原坂
右手《めて》に血刀　左手《ゆんで》に手綱
　馬上豊かな　美少年

西南戦争で政府軍と戦った薩摩の激戦地を偲ぶ歌である。納富大尉が得意とする歌謡だが、よほど機嫌の良いときでしか歌わなかった。

——これが期友との別れかも知れぬ。

そんな思いで盃を重ねるのは、これで二度目である。

4

兵学校六十二期生として最高学年一号生徒時代、二人は第十三分隊に属し、納富は伍長、志賀は伍長補として新入生四号生徒教育に当たってきた。志賀は猛烈型、納富はそれをうまくいやす大人風のコンビで、両人肝胆相照らす仲となった。

ともに戦闘機隊長だが、一方は一航艦の花形隊長からの転身、また一方は〝ボカ沈〟を食った身分で、落魄《らくはく》の思いが強い。両者の基地訓練は岩国で、指揮所を同一にし、たがいに切磋琢磨する形で、編隊、定着、空戦、夜間と猛烈に競い合った。

やがて基地打ち上げの日がきた。納富が二航戦飛鷹配属になると思いこんだ志賀は親友が龍驤でソロモン海域へ出撃と知る。

最後の日、納富がビールを積みこんだ車で志賀の下宿へ。「これで内地の見納めだ。ゆっくり飲《や》ろう」と夜っぴて酒盛りを。やがて夜明けとともに、二人は最前線へ。

昭和十七年八月七日のガダルカナル島米軍上陸により、両者は一挙にソロモン海の激戦に参加することになった。志賀大尉は南太平洋海戦に参加。納富大尉は龍驤がガ島空襲のため西寄りの海域を別動し、攻撃隊直掩隊長として作戦に参加。出撃中に龍驤は米軍攻撃隊によって急襲され、沈没。納富大尉はガ島上空の空戦で、左上肢貫通銃創の被害をうけた。

そして、今回の瑞鶴戦闘機隊長としてのトラック島進出である。

一航戦の零戦分隊長として晴れがましい思いもあったが、やはりガ島戦線で敗北を喫しているだけに、今度こそ「これが親友との別れだ」との感懐が強かったのであろう。「なるみ」への招待は納富側によるものであった。

だからこそ、小沢長官の陪席は志賀大尉にとって、親友との別れの宴をより一層忘れがたくするものであった。

志賀大尉は小沢長官に、艦隊一の精強な飛行隊長として君臨する彼が、兵学校時代のアダ名は「百姓」であり、むしろ鈍重ささえ感じさせるスローモーな男であったことをつげた。

小沢中将は「ほう」と意外な表情をし、その命名の由来が佐賀の豪農出身者であることを教えると、納得した表情になった。

一見、頑丈な村夫子の風情であったが、持ち前のねばり強さと精神力で一号生徒時代には伍長として十三分隊全員の規範となった。志賀が納富の端倪《たんげい》すべき底力を知ったのは、江田島の湾内一周遠泳のときだった。

午前七時、一号生徒の納富伍長を先頭に日がな一日、湾内を泳ぎつづける。四号生徒を従えてゆったりと泳ぎながら、日は中天にかかりつつある……。

「納富伍長は眠っているぞ！」

小さなざわめきが起こり、後半集団の全員が先頭の納富の後ろ姿を注視する。

水泳係の志賀が心配して後方から近寄ると、ゆったりと大きな手で海水をかき分けながら目を閉じて、納富伍長は先頭を切って泳ぎつづけていた。伍長補の今泉正次郎が先頭に回りこみ、「大丈夫か？」としきりに声をかけている。志賀も心配になって、さすがに正面に回った。

「おどろいたことに、納富は半ば眠ったまま意識を失うことなく見事に泳いでいるんですな。下唇スレスレに海水に顔を沈めながら、あごで水をかき分けている。彼は体調を計算し、到着までの体力を温存して、終点にむかっている。恐るべき精神力でした。

〝納富健次郎健在なり〟と感嘆しました」

葉隠の武士道とまではいえないが、並はずれた精神力と体力で彼は強靭な個性を築き上げた。飛行学生では納富が一期下になったが、のちに戦闘機専修で彼がメキメキと頭角をあらわし、機動部隊の飛行隊長として成長したことは大いに喜ばしいことであった。

長官の部屋を辞し、あらためて「飲み直そう」と二人は個室にもどった。

これが期友との最期の宴と知ってか、納富はよく飲み、大いに意気ごみを語った。

ふと悪い予感が頭を走り、志賀はあらためて「奥さんの様子はどうか」とたずねた。

納富の妻、信子夫人のことである。納富亡き後の未亡人の行方を慮ったのだ。


二人の結婚には、こんな秘話がある。

納富健次郎が飛行学生に転じたのは昭和十二年九月、つづいて佐伯航空隊付（同十三年五月）、大村海軍航空隊付（同十一月）、第十四航空隊付（同十二月）へ。じっさいの戦闘機専修に振り分けられたのは、この大村空時代である。

司令は竹中龍造大佐。納富は学生長として一期下の飛行学生たちをよくまとめ、同期生岡崎兼武と共に急速訓練の実をあげた。土曜日の午後になると、率先して竹中司令宅に押しかけ、公私とも竹中家の世話になった。

飛行学生たちは司令宅訪問を当然のことのように受け止めたが、前例のないことで、若者たちは竹中司令一家の厚情に甘えたわけである。

納富には意外と戦略家的な資質があって、じつは竹中家には女学校へ通う令嬢信子がいて、何くれとなく飛行学生たちの世話をやいた。彼らの引率学生長が納富であり、自然と信子と親しく口をきくことになった。

彼はまもなく人を介して結婚の申し込みをし、竹中司令も快く受け入れて昭和十六年三月、二人は結ばれた。当時霞ヶ浦航空隊教官であった納富は、祥鳳分隊長として出撃するまで、わずか一年余の生活ながら士官官舎で睦まじい新婚生活を送ったことであった。

この日の宴が、やはり親しい期友との最期となった。納富大尉はラバウルの激戦場を生きぬき、「い号作戦」を無事完了させて「ろ号作戦」にふたたび参戦。一九四三年（昭和十八年）十一月八日、ブーゲンビル上空の戦闘で未帰還となったのである。

報道班員が見た瑞鶴

1

旗艦瑞鶴に便乗者がいる。毎日新聞学芸部出身の海軍報道班員岡本博記者である。第三艦隊司令部付では同盟通信社牧島貞一カメラマンが旗艦翔鶴に乗り組み、南太平洋海戦を体験報道したが、内地帰還にともない交代要員の形で、岡本記者が旗艦に乗り組んできたのである。

海軍報道班員制度は開戦前の四月に大本営海軍部冨永謙吾中佐を中心として発案され、作戦と報道の一体化を目的として従軍記者制度を拡大する形で、記事班、普通写真班、映画班（ニュース等）、作家班、絵画班など八班が編成され、同年十二月二十日に第一次四六名が極秘裡に選出された。

その後班員が拡大し、のべ八〇〇名まで募集人員が広げられた。

岡本記者は海軍省記者クラブ「黒潮会」の会員で、昭和十七年十月に瑞鶴乗り組みを命ぜられた。資格は海軍軍属で、大尉待遇。従兵が一人つき世話してくれる。部屋は士官用二人部屋をあてがわれた。

内地帰投した瑞鶴が呉軍港に帰港するので、途中の徳山から乗艦すべしとの命令をうけた岡本記者は単身で港務部のある桟橋で母艦の帰港を待ちうけていた。「午後三時入港予定は、夕方になるだろう」と遅延の知らせがきた。

海軍桟橋で待っていると、遠く南方の戦場にひらけている豊後水道が見え、瀬戸内のいくつかの島影が暮なずんだ水平線に浮かんでいる。「なかなか見えませんなァ」港務部の士官が退屈そうにいった。

日はとっぷりと暮れて、薄い月明りの空がくっきりとした島影を水平線に見せている。

――そのときのことだった。岡本記者の回想記は巨大空母瑞鶴の艦姿を印象深い一文であらわしている。驚愕《きょうがく》に近い感覚であった。

「……その時、島影の右端が突然動きだし、おやッと思う間に僅かに先端のとがった平らなものの影、丁度島そのものがすべり出し、伸びはじめたように、静かに静かに、右へ右へとひろがって来た。

『あれは?』

と私は傍の士官にいった。

『え? ああ、やっと来ましたね』

瑞鶴だった。私は今でもこの時の光景を不思議なもののように忘れることができない」

瑞鶴はアイランド型の空母である。初期の航空母艦が艦橋のない平甲板型といわれ、飛行甲板の前下方に配置されていたのにたいし、飛行機の進歩にともなって甲板上にアイランド型の艦橋を設けた。より進歩したスマートな艦橋であった。

瑞鶴、翔鶴の姉妹艦はそれぞれ公称二万六〇〇〇トンの巨艦で、高速力を保ち機動作戦にかなう日本海軍の花形といわれた。

「……私はこの時、はじめて見る世界一の空母の遠い黒い姿に、いいしれぬ昂奮を感じないわけにはいかなかった。

瑞鶴は、遥かな夜の海の薄明りの水平線上に、黒々と横たわった島影からその一部分でもあるように伸びはじめすべり出し、やがてはっきりと空母の前甲板と棚のような飛行甲板の一部の形を見せ出した。そしてなお、ジリジリと伸びているのだが、いつまでたってもアイランド型の艦橋が現われない。私が空想で知っていた空母からすればもうとっくに艦橋があって、艦全体の長さが直きに終っていてもいいくらいの大きさになっても、その艦橋はまだ島の陰にかくれていた」

全長二五七・五メートル、吃水線より飛行甲板の高さ一四・八五メートル。一般国民の感覚——新聞記者もふくめて——から見れば瑞鶴の巨大な艦影は想像を超えたものであったろう。

艦影はいつまでたっても切れず、後部飛行甲板の長さが、艦首と艦橋の距離の二倍近くなった時、瑞鶴はやっと再び棚のような支柱のある二階建の後甲板を現わし、今はじめて島影から離れた。

昭和十八年正月といえば戦勝祝いの軍艦マーチがラジオでジャンジャン放送されていたし、ミッドウェー海戦での四主力空母喪失、ガダルカナル攻防戦での敗退など日本側の敗勢を明らかにされる事実はすべて隠蔽されていたし、海軍記者の立場にあってもミッドウェー沖でどの艦が沈んだのか、蒼龍の姉妹艦飛龍がともに沈んだという話も本当なのか、つぎつぎと海戦が起こり米空母が沈められているとき、味方は何隻が無事なのか皆目見当がつかなかった。

そういう〝心細い時期〟に、海軍報道班員を命ぜられて、眼前に巨大空母の存在を確認できたことは何といっても心強かった。

岡本報道班員をおどろかせたことは、まだあった。沖合の瑞鶴へは大発が出ていて二人の若い乗艦者と三名が舷門めざして暗い海を渡った。

舷門から一歩、遮光幕をくぐって艦内に足を踏み入れると、眼がくらむような光芒につつまれた。

「何という明るさ！　死のような鉄の外貌とは打って変った何というにぎやかさ！

すっかり気を呑まれてしまった私が、とにかく今思い出すことは、天井の低い広い部屋の、ホテルのような軟いクッションのソファに坐って、物珍らしくあっちこっちを見廻している私自身のことだけである」

照明には従来の電球を使わず最新の蛍光灯を使ったから、慣れない光芒に圧倒されたのである。司令部の参謀がやってきて、岡本記者のあいさつを受けた。「短い髪をきれいに分けた好男子で、ぼってりした顔のひげのそり跡が青く女のようにすべすべした肌と女のような尻の形をもっていた」

これが末国正雄戦務参謀で、新聞記者らしい人物評を瞬時のうちに下しているのである。

あてがわれた私室は、左舷側の二人用小部屋に一人で入ることになり、テーブルが窓に一つ。二段ベッドと舷側に丸窓が一つ。全体として三畳間ほどの広さがあり、便利にできていた。部屋内のいたるところにイソギンチャク風の管が走っており、たえず温風が吹きこまれていた。

艦橋にのぼると司令官、各幕僚、艦長、航海長などの要職の人々がいそがしく働き、臨時乗組の報道班員をかまっている余裕などなかった。その状況を都合よく解釈して艦橋には行かず、艦内の〝真の勇者たち〟を訪ねて歩くことにした。

——こうして岡本博記者の瑞鶴生活がはじまったのだ。

2

南太平洋海戦の勝利に艦内はわき立っていたが、味方四空母（翔鶴、瑞鶴、瑞鳳、隼鷹）の飛行機隊の損害は多く、失った機数百機、搭乗員の戦死は二百名に近い数字だと、古参の整備員がそっと耳打ちしてくれた。

「岡村サン、こんどの再編成に飛行機隊の搭乗員を補充せにゃならんのですが、四空母の補充員約三百名のうち、少なくとも半数は着艦ができるようになるのに二ヵ月もかかる連中ばかり。士官は飛行学生をおえた新米の連中のみ。練習航空隊からベテランの下士官兵を集めてようやく形をととのえた、というていどですわ」

〝母艦屋〟搭乗員はかつて艦隊随一の戦力をほこったが、まず基礎的な着艦訓練を一〇〇回以上もこなさなくては、夜の着艦準備訓練にもはいれないお寒い状況だったのである。

基地での定着訓練をおえ、各飛行機隊が母艦にもどってきたのは前年の十二月にはいってからのことだった。

ある日、瑞鶴がほとんど二〇ノット以上の高速で航行しているのに気づいた。部屋中の備品がすべて小きざみに動いて、やがて鳴動もとまった。とつぜんキューン、ガタン！　と一、二度ききおぼえた音がした。飛行甲板に艦爆隊が着艦したらしい。

大柄な爆撃隊長が士官室にあらわれた。隊長は副長のかたわらに立つと、「これから発着艦訓練をおこないます」と低い声だが、力強い声でいった。これが艦爆隊長高橋定大尉であった。岡本記者の人物評。

「……それから陽焼けした男らしい顔を僅かに崩して笑った。白い歯が目立ち、私は美しい顔だと思った。この顔の美しさは全ての飛行機乗りに共通するものだと、間もなく、私は知ったのだが……」

九九艦爆隊一八機が着艦に成功し、つづいて戦闘機三機が着艦した。納富健次郎大尉の零戦隊二五機がそれにつづく。しんがり役は田中正臣少佐の九七式艦攻二七機であった。瑞鶴の全搭載機とはいえないが、これで艦戦、艦爆、艦攻のほぼすべてが集結したことになる。


飛行機隊が基地から飛び立って発着艦練習をおこなうために、士官室、ガンルーム室にはふだんは見慣れない大尉、中尉の姿があふれた。

いつもは空席だらけの部屋が士官連中によってにぎやかに占められ、他の士官たちも遠慮する風があったが、彼らはいっこうに気にせず、むしろ傍若無人に振舞っていた。

　上、下二段の格納庫では渡辺整備長以下整備科全員が明朝の発艦演習にそなえて、最後の点検作業に取りかかっていた。そのいちばん目立つ先頭機の整備は、瑞鶴一の〝整備の神様〟川上秀一二整曹の担当である。

　海軍航空廠育ちの古参整備員である川上二整曹はつねに隊長機、分隊長機の整備をまかされていた。納富隊長機、荒木分隊長機の零戦二一型は発動機のシリンダー調整、ブレーキの利き具合を何度も確かめて「整備完了」を松本忠班長に報告していた。

　ところが、整備完了したはずの隊長機の傍で機体の日の丸にじっと目を注いでいる士官がいる。表情をたしかめると、納富大尉自身が機の最終確認に訪れてきているのであった。

　万事完璧と自認する川上二整曹は思わず誰何《すいか》する気持になって、

「隊長、まだ日の丸に磨きが足りませんか」

　と問詰する口調になった。

　過去に自分の整備した隊長機を事前に確かめにくる隊長は皆無だったからで、

「いやあ、スマン、スマン！　悪気はないんだ。この機はおれの棺桶だから、できるだけ汚れのない美しい形で死にたいんだ」

隊長自身から怒声が返ってくると思ったが、思いもかけず笑みを浮かべて納富大尉が立っている。その言葉通り、操縦席に乗りこんで無線器を磨いたり、あちこちを一人で点検している。

「こんな隊長ははじめてでした」

と川上二整曹はおどろきをもって回想する。やはり、隊長はいつの出撃でも還ってこないことを覚悟しているのだろうか。そう考えると、古参整備員は厳粛な気持になった。

3

太平洋戦史上、奇蹟といわれた撤収作戦の成功が二回ある。前者は昭和十八年七月、アリューシャン列島キスカ島守備隊五、二〇〇名を一兵も残さず救出し、全員無事に日本内地に連れ帰った作戦を指す。今日にいたるも司令官木村昌福少将の沈着さ、果断さを高く評価されるものである。

米軍があわててキスカ島を急襲したさいには、「われわれは幽霊と犬に砲弾をぶちこんだ」と自嘲する結果となった。

救出艦隊がアッツ島沖を通るとき、遠くから玉砕した英霊たちの「バンザイ、バンザイ」と雄叫びをあげる声をきいた者がいる。

当時も帰還兵士たちの間でひそやかにつたえられ、留守部隊の幹部たちは「幻聴にしかすぎない」とニべもなかったが、この英霊たちの声はアッツ島で全滅した陸軍山崎部隊の兵士たちへの海軍側守備隊員の鎮魂の気持を代弁したもの、といってよい。キスカ島の霧の中、ひたすら故国からの救援を待ちのぞんでいた守備隊員は救出の第五艦隊が沖合いに姿をあらわしたとき、期せずして、

「バンザイ」

の歓声を発したのである。

と同時に、アッツ島の陸軍兵たちにも同じ歓喜の声をあげさせてやりたかったのではないか。このエピソードは永遠に語りつがれる趣《む》きがある。

第二は、既述の飢餓と熱病に苦しむガダルカナル島守備隊一万六〇〇余名を同年二月、駆逐艦輸送の大胆なやり方で救出したことである。米軍が気づいた折には同島がもぬけの殻で撤収作戦はみごとに成功したが、すでに二万余名の戦死者を出した後だけに手放しで味方救出作戦を賞讃するわけにはゆかない。

在トラックの連合艦隊司令部では南太平洋海戦の勝利で米軍への一挙攻勢をはかり、陸軍側の次期総攻撃に呼応しようと企図したが、第三次ソロモン海戦での失敗と輸送船団の水際全滅で、反撃の企みは挫折した。

十一月十六日、ニューギニア北東岸ブナに米豪を中心とした連合国軍が上陸し、当初は兵力一、〇〇〇名ていどと報告されたが、予想外に強力で、飛行偵察によれば彼らの進撃拠点背後に大小三ヵ所の飛行場を整備し、日本側が当初計画した増援兵力ていどでは反対に駆逐されるおそれがあった。

南東方面最大の拠点ラバウルの危機にまっ先に警鐘を鳴らしたのは参謀長宇垣纏中将である。宇垣はブナを拠点とした米航空兵力がラバウル基地をはじめ、ラエ、サラモア両飛行場を制圧し、南方資源地帯と本土を結ぶ交通連絡線——ダンピール海峡の制空権をふくむ——が遮断され、日本の生命線が孤立する事態を憂慮した。

「見通しの暗いガ島戦線を撤退し、ニューギニア方面に戦略拠点を移すべし」

ブナには、ポートモレスビー攻略にむかった南海支隊がオーエン・スタンレー越えの陸路攻略を断念し、戦線整理のため退却してくる予定であり、同支隊の命運もここに尽きようとしていた。また、マッカーサー将軍指揮のブナ攻略部隊が勝利を得て西進すれば、フィリピン、蘭印などの南方資源地帯が危機にさらされることは必定であった。

宇垣参謀長は翌十七日、作戦参謀三和義勇大佐、戦務参謀渡辺安次中佐の二名を海軍中央に派遣し、ガ島撤収を強力に訴えさせた。

厚い壁は陸軍側にあった。第二師団の総攻撃失敗にもかかわらず、南東方面へ相変わらずの兵力集中である。

十一月二十九日、第八方面軍の新編成にともない、軍司令官今村均中将のもとに第十七軍、第十八軍および第六師団の兵力が集結し、第六十五旅団も海軍艦艇でラバウルに運びこまれた。

これがガダルカナル奪回の決定的戦力である。ただし、連合国軍のブナ上陸により、戦略目的が危うくなった。

ガ島への陸軍兵力投入に参謀本部作戦課長服部卓四郎大佐の強力な指導がある。当初の一木支隊上陸失敗を機に陸軍兵力の逐次投入、場当たり的戦力投入と食糧補給、武器支援といった総合的な判断もなく、いたずらに武装貧弱な兵力をガ島に送りこんだのは、この服部大佐である。

ところが服部の上司、対米強硬派で知られた田中新一作戦部長が東條首相の逆鱗にふれて更迭されるという予期せぬ出来事が起こった。

きっかけは、昭和十八年度の船舶増徴問題であった。作戦展開をめぐって陸軍省、参謀本部間の対立がめばえ、また海軍側との船舶奪い合いとなった。この十一月から十二月にかけて、陸海軍集会所で若手課長クラスが談合する形ではじまった。

参謀本部側の意見は、ガ島奪回に最大限の輸送船舶量を確保すること——にあった。すなわち、昭和十八年秋に予想される米軍大反攻を前に、ガダルカナルはじめ南東方面の米軍占領地を奪い返しておかないと日本陸軍の未来はない。

対ソ戦、対中戦備の増強に狂奔し、ミッドウェー作戦では当初、一木支隊の派出にも反対し、太平洋戦線は海軍の分担とうそぶいていた服部作戦課長はじめ参謀本部の楽観的姿勢は、いまやガダルよりの撤兵こそ全戦線の崩壊にいたる、とまで陸軍を追いつめている。

「ガダルカナルの固守がさし当たりの仕事」と田中作戦部長を熱中させている。もし太平洋における戦争の指導権を失うことになれば、必然的に全戦争指導上の重大転機に立たされる。太平洋上の消耗戦略に敗れないためには、まず作戦展開上に有利な船舶徴用を第一としなければならない。

ガ島作戦の完遂こそが勝利のきっかけと勢いこんだ田中作戦部長にたいし、陸軍省の軍務局長佐藤賢了少将は「物動計画を脅かすような船舶の徴用はいっさい受け入れられない」と強硬だ。佐藤局長の上には東條首相兼陸相がいて、参謀本部側の要求をハネつけることにしている。

4

陸軍はガ島戦に満州から航空機、高射砲、重砲などを送り、どれ一つとして効果を生まなかったが、戦勢は「日に日に非となった」。ここでガ島戦線を放棄することでなく、死守して戦勢を回復しなければ、早ければ昭和十八年度中にも屈服しなければならなくなるのではないか、と極端にまで恐れた。

参謀本部の課長クラスの談合で作戦に必要な船舶は軍に提供するとの確固たる了解を取りつけたが、十二月五日の閣議決定では作戦部の要求は無視するという了解の下に、佐藤軍務局長以下陸軍省側の総意が決まった。

それを耳にして烈火のごとく怒ったのが、田中新一少将である。

翌六日、田中部長は佐藤局長を訪ね、「ガ島作戦の完遂が太平洋作戦の勝利につながる」と再度力説し、船舶増徴こそが第一と説いたが、「閣議決定では陸軍統帥部の要望には応じられない」と否定された。はげしい言葉のやりとりがあり、ついには田中少将が佐藤局長に飛びかかって一発食らわす、といった事態にまでエスカレートした。

同日夕刻、市ヶ谷台の参謀本部から総理官邸に乗りこんだ作戦部長は、大臣、次官、佐藤軍務局長、冨永恭次人事局長らが長方形の大机をかこんで談笑しているのが眼にはいった。すでに物動計画の大要は決まったらしい。

その冷めた空気に、田中少将の怒りは爆発した。

「陸軍省のしめした船腹ではガ島作戦は遂行できないと申し上げている。再考はできないか」

「船腹が足りないというが、これ以上出しては戦争指導全体が破綻するかも知れん。自分は陸軍大臣としてガ島恢復の作戦に同意することはしたが、船舶量にも制限をつけていたはずだ。現在のように予定外の船腹消耗では、作戦部の要求にとてもしたがうことはできない」

東條首相は陸軍大臣を兼務している。作戦優位の折は田中部長の提言にも快く応じたが、戦勢不利の状況ではカミソリ東條の刃も鋭い。田中少将はふだんと対応がちがう総理の冷たさに衝撃をうけ、連絡会議に押しかけて東條の真ん前にどっかり腰をすえた無礼さも忘れて、「こんなことでは戦争はとてもやっていけない」との激情が身体を走った。

「馬鹿野郎！」

と口をついて出たのが、東條への「バカヤロウ事件」である。ご当人によればじっさいには「馬鹿ものども！」とどなったつもりであった。東條は顔色青ざめ、「何をいいますか」と立ち上がった。

冷徹な官僚主義者でもある東條大将は、下剋上的発言をゆるさなかった。彼は田中作戦部長の更迭を決め、同時に服部作戦課長の罷免をも決めた。

これでガ島撤兵の大枠が決まった。服部作戦課長の後任には軍務課長真田穣一郎大佐が決まり、表立っては口にできない明治建軍いらい初の陸軍兵撤退が公然と語られるようになった。

十二月二十九日、陸海軍作戦課の合同研究の結論が出て、はじめてのガ島撤退の合意ができた。

翌年一月四日付ガ島撤退に関する陸海軍中央協定では、第三艦隊はじめ支援部隊の作戦行動は、

「……トラックに待機し機に応じてガ島北方で作戦行動を支援」

とある。とりあえず旗艦瑞鶴は陸軍機輸送を早め、再度出撃してトラック泊地に進出することになった。

第三章　落日のソロモン最前線

ふたたびトラック泊地へ

1

一九四二年（昭和十七年）暮、瑞鶴は大晦日出港となったが、横須賀市内の師走の大賑わいにくらべて、艦内はひっそりと静かだ。

「航海士、艦長がお呼びです」

艦長従兵に声をかけられて野村実少尉が艦長室に降りて行くと、野元為輝大佐のかたわらに五人の陸軍将校が立っていた。

「こちらはトラック島まで輸送機と一緒に行かれる方だ。取りあえず第一士官次室《ガンルーム》まで案内するように」

五人が短くあいさつし、陸軍中尉何某と一人ずつ名乗った。

「航空母艦に便乗するのははじめて。あまりの大艦なので、緊張しますな」

と悪びれない表情で、屈託なく語った。

同世代同士だから、野村少尉もすぐ打ち解け、

「トラックまでは四日の航程です。短い乗艦ですが、ゆっくり航海を愉《たの》しんで下さい」

横須賀を出港すれば、たちまち米潜水艦の追尾の危険が生じるが、心配させまいとして黙っていた。


陸軍将校には二名一室の士官室があてがわれたが、それぞれが個室に落ち着いたところでガンルームに案内した。野村少尉の役割はここまでで、すぐ艦橋航海士の位置にもどらなければならない。

艦長もそれは承知ずみで、ガンルームにはいったん航海に出れば何の用もない何人かの〝牢名主〟がいて、たえずトグロを巻いている。彼らにまかせれば、航海中は任務から外される陸軍士官たちの無聊《ぶりよう》も慰められるだろう。

はたして、ガンルームの一画に退屈そうな一団がいる。医務科の宮尾直哉軍医中尉とその同僚たちである。

野村少尉からの引きつぎをうけ、宮尾軍医中尉は「よし、心えた」と快諾し、彼らを隣席に招いた。

大晦日一一時出港、瑞鶴は外洋に出て、たちまち大きく動揺する。太平洋のはじめての洗礼であり、だれしも一度はここで船酔いを体験する。

話は……牢名主こと、宮尾軍医中尉の『瑞鶴で戦った一年間』。テレながら話をせかされるたびに、瑞鶴乗艦で行先もわからず九州各地を訪ね歩いた昔話から、真珠湾攻撃、R作戦、印度洋機動作戦、サンゴ海海戦、アリューシャン作戦、第二次ソロモン海戦、南太平洋海戦とわずか、一年余ながら七度の大作戦を体験し、

「何度も危機の瀬戸際まで追いつめられても不思議にかすり傷一つ負わないめでたい大艦に乗り組み、思いがけず殊勲甲二つのお裾分《すそわ》けをいただき、有難かった」

と問わず語りに話しているうちに、感慨に耽《ふ》ける気持になった。

「昭和十八年の新年を寿ぐ」

総員集合もなく、一月元日は通常航海のままで迎えたが、朝の軍艦旗掲揚の時刻となってとつじょ艦長の声がスピーカーから流れた。昨夜来、はげしい雷雨とともに洋上は大荒れとなり、さすがの陸軍中尉も五名とも私室から姿を見せない。従兵を呼びにやって一人ひとりが頬がこけ、げっそりとやつれた青い顔で姿をあらわした。

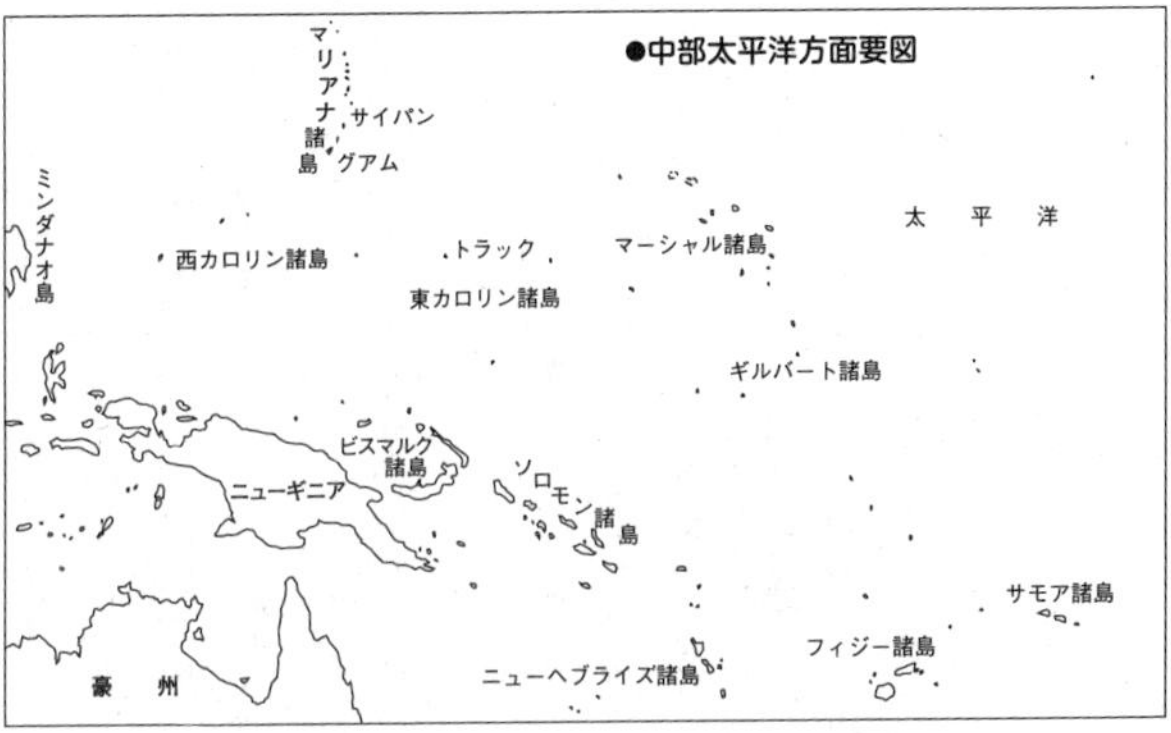

●中部太平洋方面要図

「さすがの帝国陸軍も海上の嵐にはかないませんな」と笑いながら声をかけると「はあ、その通りです」と正直に頭をかいた。

飛行甲板上では、波浪がやや平穏にもどったので前路警戒の戦闘機三機を発艦させることになった。第一直〇四三〇は荒木大尉以下零戦三機である。

これは、大事《おおごと》になった。格納庫内だけでなく飛行甲板の大部分を輸送の陸軍機、また固有の母艦機が占めていて、これらを波浪から守る繋止索の固縛から解き放ち、機体を移動させて発艦の自由を確保しなければならない。

整備分隊士が音頭をとって、甲板上の飛行班員たちがこの骨の折れる仕事を完遂しなければならない。

――機体を傷つけてはならんぞ。

の声に叱咤されて、小田秀夫一整兵たちが索を切り離し、ソロソロと機体を運び出す。緊張しているせいか、作業衣がたちまちぐっしょりと汗にまみれた。荒木隊の発艦完了後、こんどは着艦のため、収容作業にとりかかる。

大したトラブルもなく、トラック泊地への四日間の航程が終わった。米潜水艦の跳梁により、魚雷攻撃をうける危機はまぬかれた。三日目の夕暮、いよいよ明日入港というので、お別れのガンルームで、私的な送別会がひらかれた。ビールで乾杯。前途の幸運を祈った。

三日間当地で碇泊し、七日午後にトラック泊地をはなれた。帰途に思いがけない任務を言い渡されたのだ。戦艦陸奥、重巡鈴谷を内地まで同航させること。

ひと昔前なら強力な戦艦部隊が同航して力強い援護のはずが、艦隊速力一六ノットでは米潜水艦の好餌となる。

「……スピードの遅い陸奥のため十六節《ノット》航海では、敵潜に狙われる可能性が大であり、軍医長などは悲観的言辞を弄すのであった」

と宮尾軍医中尉の日記は、航海の不安を訴えて心細い。

2

旗艦瑞鶴の再出港は一月十八日となった。同十四日、無事に大分県杵築《きつき》港に入港、翌日はさっそくガンルーム会を催す。

一方、ガ島撤収作戦は極秘裡に進められ、その大要は最高指揮官のみが知らされることになった。すなわち、小沢治三郎中将一人である。

撤収作戦要領は二月一日から三次にわたって駆逐艦輸送によっておこなわれ、その意図をカムフラージュさせるために一月中旬以降、陸攻による夜間攻撃を実施し、二十六日から昼間の航空撃滅戦を実施。

ラッセル島の占領、第八戦隊等による東方牽制作戦、潜水部隊のガ島南東海面配備によって、まだ日本側に飛行場奪回の用意があることを察知させる目的があった。

米国側はガ島守備隊の兵力充実により、日本側の大攻勢にそなえた。ガ島ヘンダーソン飛行場は滑走路が爆撃機用に一本、戦闘機用二本に強化され、表面に鋼製マットが敷きつめられた。航空機兵力はB17八機をふくむ一二四機である。

陸上兵力も部隊ごとに交代が実現し、約一五週間にわたって戦いマラリアと熱病に苦しんだ米第一海兵師団は師団長バンデグリフト将軍とともに豪州に後退し、新たにアレキサンダー・M・パッチ陸軍少将が指揮をとることになった。

そして、まもなく米本土から直接派遣された陸軍一個師団により、一個軍団の大勢力となり、アメリカル師団の第一八二歩兵連隊をニューカレドニアから、第六海兵連隊をニュージーランドから増強され、パッチ部隊は一月中旬から総計五〇、〇〇〇名の陸軍および海兵隊兵力で総攻撃を開始した。

彼らはジャングルの向こう側に日本兵がいたるところに潜伏し、抵抗を試みているとし、猛爆撃を加えた。米側は陸上での決戦をもとめ、兵力展開と陣地固めに時間を費やした。

ハルゼー提督の南太平洋部隊は、五度の海戦で米空母、重巡部隊に損耗を出しながら、傷ついた空母エンタープライズを修理のため真珠湾に帰港させることなく手もとにおき、また修理が成った空母サラトガが来着するのを待ち、正規空母二隻、護衛空母二隻、戦艦三隻をもって海上決戦に挑もうとしていた。

ミッドウェーなみの大戦果をねらって、サンタクルーズ諸島沖で日本空母を逃した〝猛牛〟ハルゼーは、ガ島沖であくまでも日本艦隊を壊滅するぞと意気ごんでいた。

日本側の徴候は、あくまでもガ島大攻勢の意図をしめしていた。日本は四度にわたる失敗にもかかわらず、五度目のガダルカナル奪回を試みようとしているのか？

そうであれば米側は圧倒的な地上兵力をもって日本軍の企図を粉砕し、海上では艦隊戦闘によって日本側残存戦力を壊滅させてくれよう。

表面上は、近藤信竹中将の水上部隊はガ島沖に進出しながらも米艦隊と決戦を求めることなく、米軍を牽制し、航空兵力は吊光弾と浮流灯を使用して米重巡シカゴの撃沈に成功し、ハルゼー中将を切歯扼腕させた。


——戦機は高まりつつある。

日本側は巧みに攻勢をカムフラージュさせながら、二月一日決行の警戒駆逐艦六隻、輸送駆逐艦八隻の第一次撤退作戦の準備をいそいでいた。第三艦隊の派遣はこのときガ島北方海面にあって、全作戦を支援することにある。

出撃前の壮行会が瑞鶴士官室でおこなわれたさい、米機動部隊出撃の徴候なく戦艦部隊出現の情報が流れたが、飛行総隊長田中正臣少佐は相変わらずの楽天的表情で、

「米戦艦ならわれわれの雷撃でイチコロですよ」

と自信たっぷりに野元艦長にいった。

反抗するベテラン搭乗員

1

「きさま、生意気だぞ!」

いうが早いか、飛行総隊長の右の拳《こぶし》が左頰をしたたかに打った。酔ったせいもあってか、大柄な体軀をかたむけて殴りかかってきたので、向かいあってあぐらを組んで坐っていた八重樫春造飛曹長の小柄な身体がぐらりと後ろに大きくのけぞった。

――もう一発、食らうかな。

思わず身がまえたが、さすがに周囲の視線をはばかって、田中正臣少佐は振りあげかけた拳を下に降ろした。だが、田中総隊長の眼は怒りに燃えていた。

トラック島最大の島、夏島に上陸しての瑞鶴飛行機隊幹部の慰労会宴席上の出来事である。

士官が士官を殴る――たとえ相手が飛行兵曹長という准士官であろうと、下士官上がりの特務兵曹長を満座のなかで隊長が殴りかかるような振舞いはめったに起こることではない。

八重樫たち准士官グループが車座になって飲んでいるとき、床の間を背にした納富健次郎、檮原正幸、清宮鋼《せいみやはがね》、平原政雄各分隊長が並んでいる列をぬけ出して、田中正臣少佐がコップ酒を手にやってきたのである。

野元艦長以下、瑞鶴幹部は姿を見せていない。

――おれは飛行総隊長だぞ。

田中正臣少佐の前歴は、鹿屋航空隊飛行隊長である。初陣は一九三七年（昭和十二年）夏の中国戦線で、杭州攻撃のさい空母加賀を飛び立った八九艦攻隊の一員として迎撃してきた中国軍戦闘機――じつは搭乗員は国際義勇飛行隊の米国人操縦士――と空中戦を展開。味方の旧式三菱製八九式艦上攻撃機はつぎつぎと被弾炎上。母艦にたどりついたのは田中中尉（当時）一機のみ、という悲惨な全滅戦闘を体験した。

その後は霞ヶ浦航空隊、大分航空隊両教官と教育部隊を歩き、昭和十五年十一月に空母飛龍飛行隊長に返り咲いたが、真珠湾攻撃直前に解任されて百里空、鹿屋空教官へ。

わずか九ヵ月余の母艦勤務で、とつぜんの配置転換。田中少佐自身「おどろきの人事、悲憤の涙をのんで転出した」と回想しているが、どうも第一線部隊には不適合な指揮官という烙印《らくいん》が下されたものらしい。

というのも、田中隊長自身は野心家で、空母飛龍隊長時代、「夜間雷撃法」なる戦法を編み出して部下搭乗員たちに猛訓練をほどこした。

これは夜間触接機を派出して、目標の四〇〜五〇カイリ直前で長波を発射。クルシー測定機で全機が目標に到達すると、馬蹄形《ばていけい》で取りかこんだ各機が高度三〇メートルまで下がり、一機ごとに魚雷を発射する。海上を低高度で進撃するので敵の妨害を受けることなく、「超低高度にすることにより、敵の電探測定は不可能となる」というわけである。

この独断的な猛特訓はハワイの在泊艦船攻撃には無用の戦術で、草創期の海軍航空界の先達である新任の飛龍艦長加来止男大佐の忌避《きひ》するところとなったようである。

あくまでも自己主張の強い田中少佐は百里ヶ原航空隊教官に転じると、自説の「超低高度雷撃法」を文書として海軍省教育局に提出。恩賜研学資金、賞状を授与された。彼の「昭和十五年度艦隊対策戦力の急速向上法」は部内各部門に印刷、配布されている。

真珠湾攻撃より一年余、戦局が激化し、指揮官がつぎつぎと各戦域に斃《たお》れるなか、田中少佐の論文が活きて、第三艦隊の飛行総隊長へ。ハワイ作戦時の淵田美津雄中佐、ミッドウェー海戦時の友永丈市大尉に引きつづき、三代目の総隊長職に赴任した。

待望の第一線勤務が成就し、意気揚々とご本人は瑞鶴に乗りこんできたのである。自説の「超低高度雷撃法」を引っ下げて……。

これに真っ向から異をとなえたのが、ベテランの八重樫飛曹長である。前述のように、超低高度で海上を進撃すれば味方機は容易に米空母に接近でき、雷撃も可能という田中新総隊長の自信たっぷりな意見にたいし、

「サンゴ海海戦から半年目、敵の電探はもっと進歩していますよ」

と強硬な反対論をのべた。

前年五月の同海戦に参加していらい、八重樫飛曹長は八〇〇キロ航空魚雷を抱いて出撃回数四度、うち二回はじっさいに魚雷投下に成功している。

最初の出撃はサンゴ海海戦前日の五月六日夕刻。薄暮攻撃に九七艦攻一五機、九九艦爆一二機で進発したが、米空母の推定位置直前でグラマン戦闘機群の不意打ちをうけた。

高度四〇〇メートル、味方零戦の掩護はついていない。艦攻、艦爆のみの強行出撃であったが、米側はレーダー探知で待ち伏せていたらしい。背後から急襲されて、重い魚雷を抱いた九七艦攻はつぎつぎと被弾炎上して、海上に墜落して行く。

最初の一撃で瑞鶴隊、翔鶴隊艦攻四機が火だるまとなった。引きつづき、ヨタヨタ

と海上を這って逃れて行く艦攻隊機から分隊長村上喜人大尉機、坪田義明大尉機が炎上しながら海面に叩きつけられて行く。

「あのときと同じように、低高度を進撃していたら、味方機は敵空母直前でバタバタと墜とされて一機も雷撃態勢にはいることができない。味方機全滅ですよ」

と、八重樫説は強硬である。

味方艦攻の巡航速力八〇ノット（約一五〇キロ／時）。このスピードで不意打ちを食らえばひとたまりもない。それよりも高度を上げて四、〇〇〇～五、〇〇〇メートルで進撃すれば、急降下で二四〇ノットくらいの速力が出る。これで敵グラマンの追撃を振り切って目標点に到達すれば、魚雷投下の成功率は少しでも高まる。

八重樫春造飛曹長の証言。

「現に私の場合、サンゴ海海戦ではグラマンに急襲されて、全速力で前方の雲に飛びこんだ。雲中をぐるぐる旋回しているうちにグラマンが去り、雲の中から飛び出して米空母レキシントンへの恰好の雷撃態勢にはいることができた。

南太平洋海戦のさいにも同じ状況で、雲の中に飛びこんだ。ほとぼりの冷めたころを見計らって雲中を飛び出たが、すぐ目前に米空母ホーネットがいたので、とっさに魚雷をぶっ放した。投下高度、射角を綿密に計算しているゆとりはなかったですよ。

魚雷投下後、偵察員が『当たった、当たった』と騒いでいましたが、私の魚雷は命中しているはずはないです」

しかるに自分が生還できたのは、攻撃開始前にグラマン戦闘機の追撃を振り切ったため、と八重樫飛曹長は力説する。低高度で進撃した場合、事前にかならず米空母の電探《レーダー》に捕捉され、味方機はすべて撃墜されてしまう。高々度から進撃した場合、急降下で米戦闘機の追尾を振りきっても二四〇ノットも出せば空中分解必至だが、「それでも撃墜されるよりマシ」というきわめて実戦的な思考なのである。

「ここは練習航空隊とはちがいますよ」

と八重樫飛曹長のもらした一言が、田中総隊長の面子《メンツ》をいたく傷つけたらしい。

田中正臣少佐は「支那事変でのたった一人の生還者」という武勇譚が、とぼしい戦歴のなかの唯一の誇りである。これものちに八重樫が耳にした噂話によれば、空母加賀に収容された田中中尉は恐怖のあまり腰が立てず、搭乗員たちの助けを借りてようやく立ち上がるといった周章狼狽ぶりで、飛行長の失笑を買ったという。

後輩の阿部平次郎大尉の証言によれば、練習航空隊で、その戦歴が大いに吹聴されて〝勇ましい武勇譚〟として語られているのにおどろいたという。

じっさいに昨年十一月に着任した田中総隊長は搭乗員たちの前で、身ぶり手ぶりよろしく昭和十二年夏の杭州攻撃をまるで戦国時代の合戦絵巻のようにハデハデしく語っていた。その誇り高い自慢話が、八重樫飛曹長の抵抗で粉みじんにくだかれたのである。田中少佐は激怒した。

八重樫春造飛曹長は瑞鶴生えぬきの艦攻隊員として、たとえ相手が総隊長であろうと一歩も引かない鼻っ柱の強さがある。

中国戦線での戦績もあり、兵学校出身で同じ中国大陸を駆け回った初代飛行隊長嶋崎重和少佐は戦友として同列に扱ってくれた。「よう、八重樫サンよ」と何ごとにつけてもガン・ルーム士官よりも彼を大事にしてくれた。この〝嶋崎一家〟ともいうべき飛行機隊の一体感が部下たちの士気を高めたのである。

田中少佐は周囲の声にうながされて自席にもどったが、怒りに燃えた表情はそのままである。だが、八重樫春造飛曹長も一歩も引かない構えである。

——むざむざと列機の搭乗員たちを海上で無駄死にさせるものか。

という固い決意である。だが、結論は意外な形で早くやってきた。八重樫春造飛曹長への転勤辞令である。「——宇佐航空隊教員ヲ命ズ」

内地への送還である。

2

南太平洋海戦で飛行機隊が壊滅状態におちいったことから、機動部隊再編のため空母瑞鶴は内地へ帰投。整備と猛訓練を重ねて一月十七日、呉軍港を出撃。同二十三日にトラック泊地入りした。

前年十一月十五日に飛行総隊長着任、引きつづき艦戦、艦爆、艦攻各隊に飛行隊長、同分隊長が新任された。

同時期、ガダルカナル撤収作戦が極秘裡に進められ、撤収支援のため瑞鶴の全飛行機隊はラバウル基地に進出することになった。名目上はあくまでもガダルカナル島奪回の航空支援である。

一月二十八日午前八時、トラック島春島飛行場を出撃。空中攻撃隊の総指揮官は田中正臣少佐。

九七艦攻二一機を清宮鋼、檮原正幸、田中一郎の三分隊長が指揮し、九九艦爆一七機を高橋定飛行隊長の下、平原政雄分隊長、米田信雄分隊士らがひきい、零式艦戦二六機を飛行隊長納富健次郎、分隊長荒木茂らが先導した。合計六四機の兵力である。

といって、内地で新編成し、春島飛行場に進出しての練成途次である。艦攻の清宮大尉は兵学校六十五期生で先任だが、鹿屋航空隊からの練習航空隊転身組。平原大尉は同六十六期で同じ鹿屋空出身。田中大尉と艦戦の荒木大尉は六十七期出身の同期生だが、瑞鳳と春日丸乗組み。いずれも戦歴にとぼしい指揮官たちである。それぞれに猛訓練と編成訓練の練成を打ち切っての出撃である。

田中総隊長の偵察員となった田中一郎大尉が洋上五時間のラバウル基地までの推測航法に、「とにかく全機無事に目的地までたどりつくよう神頼み」という不安がりようである。

「各隊出発、かかれ！」

田中総隊長の号令一下、艦戦、艦爆、艦攻の順に春島基地を発進。洋上で編隊を組み、一路南下をつづける。天候は晴れ、海上のまばゆい陽光と照り返しをあびて、全六四機が翼をそろえて巡航速力に移る。

大勢力だが、洋上飛行は初体験の者が多く、各機上で緊張した表情がならぶ。

単調な飛行がつづいて、午後一時にようやくニューブリテン島ラバウル基地が見えてきた。火山灰地の活火山、花吹山がいまなお噴煙を噴き上げる埃っぽい大地である。

シンプソン湾をのぞむ基地を「東飛行場」といい、丘陵上のブナカナウ「西飛行場」は大型機専門で、通称「山の上飛行場」といい、前者は「山の下飛行場」と呼称した。

山の上飛行場は海抜四〇〇メートルの台地にあり、長さ一、五〇〇メートル×幅八〇メートル。地質は火山灰地だからスコールのあとはいたるところに水たまりができ、干天の折には砂埃が舞い、しばしば飛行機の出発をおくらせた。

山の下飛行場は滑走路が長さ一、五〇〇メートル×幅一〇〇メートルで中央部は凹地となり、小型機専用の基地となっている。

各隊それぞれが列線に機体をおさめ、搭乗員たちが熱気のなかを早くも汗ばみながら機体を降りてくると、待ちかねたように一台の黒塗りの大型車が黄色い旗を立てて、滑走路脇の指揮所の前にすべりこんできた。

「搭乗員整列！」

各分隊長の号令がひびき、身支度をととのえる間もなく集合が命じられる。自動車から降りてきた将官は、南東方面艦隊司令長官草鹿任一《じんいち》中将であった。そのかたわらに、参謀長酒巻宗孝少将、副官が佇立する。

「艦隊の諸子をむかえて、非常にうれしい」

指揮台に立った草鹿中将はにこやかな笑顔でいった。前任は海軍兵学校校長で、校長時代、教育者らしい厳しさがなく、兵学校生徒といっしょになって生徒館の現場に立っていた磊落《らいらく》な人物として知られる。

海軍省教育局長としての前歴もあり、よりよき海軍軍人たる人間性の育成に心をくだいた。兵学校校長に着任しての第一印象は、「生徒たちに若々しさというか、生気がとぼしい」という暗い空気である。

その原因は個人の能力を無視した画一教育、全体主義にあると気づき、個人の能力を生かすために分隊対抗行事をやめ、弥山登山や遠泳は個人競技とし、過度な能率主義を全廃した。とくに兵学校名物の遠泳には、自分も褌《フンドシ》一つになって生徒たちに混じって泳いだりした。

長身でひょろりと細長い身軀。鼻の下に美髯をたくわえ、どことなく愛嬌のある表情から、兵学校生徒たちは敬意をこめて、校長を陰で「任《じん》チャン」と呼んだ。また、この武人肌の校長は教え子の七十期生徒が日米開戦直前に卒業して行くとき、「帽振れ」で校庭を去って行く若者たちを見て、

「このうちの何人が戦場より生きて還れるのだろうかと思い、滂沱《ぼうだ》の涙を流した」

と、七十期クラス会誌『澎湃《ほうはい》の青春』の記述にある。

草鹿中将は全員の表情を見まわしながら、言葉をつづけた。

「いまやソロモン方面をめぐる戦闘は激烈をきわめている。敵味方、いずれも消耗戦

にはいり、われわれはまた全力を尽くして捨身で敵にあたる、これこそ唯一の道であり、このさい諸君の高度の訓練を活かして大いにはたらいてもらいたい」

決して大声で叱咤するような高飛車な口調でなく、諄々《じゅんじゅん》と語りかける調子である。戦闘機隊は納富健次郎、荒木茂両分隊長の第一、第二中隊が整列しており、荒木中隊の第二小隊長の位置にあって、斎藤三郎飛曹長は緊張に身を固くして長官訓示に聞き入っていた。じっとりと汗ばむ暑熱でたちまち飛行服が汗まみれになる酷暑の地である。噴煙にまじってただよう硫黄の臭いが、潮風の吹くトラック泊地とちがい最前線基地のただならぬ雰囲気をつたえてきた。

草鹿長官一行が去ると、納富隊長の全般注意、つづいて荒木大尉が第二中隊一三名を集めて戦闘状況の説明があった。

このとき、はじめてガダルカナル島撤収作戦＝作戦名「ケ号作戦」の詳細が語られ、瑞鶴戦闘機隊は基地航空部隊の零戦、九九艦爆隊と協力し、ガ島周辺のマライタ島、ツラギ港に集結する米軍艦船を徹底的に破壊し、地上航空兵力を撃滅することが第一とつたえられた。

各隊は解散し、戦闘機隊は第一中隊を列線待機で飛行場に残すことになり、荒木隊はそのまま用意された搭乗員宿舎に落ち着けることになった。

その折のことである。列機の長倉弘一飛曹がにこにこと笑いながら近づいてきて、

「分隊士、撃墜競争をしましょう」

と屈託のない笑顔で語りかけてきた。甲飛七期出身、隊内でも「元気者」と折り紙つきの活発な若者である。

――無邪気な奴だ。

斎藤飛曹長は昭和十四年、呉海兵団より操縦練習生(操練)四十四期卒。漢口で初陣を体験し、南支、桂林空襲に参加。空母赤城乗組みをへて、ふたたび内地で教員生活へ。前年十一月に築城空より瑞鶴に転じたものだが、中国戦線での諸体験を重ねてこの戦争が容易ならぬ海軍強国同士の攻防戦であることを直感している。したがって、草鹿中将が指摘した「一大消耗戦」の言葉の重みが身に沁みて理解できるのだ。

長倉一飛曹は操練とは異なり、旧制中学四年一学期終了後に昭和十五年、甲種予科練入りをした。飛行練習生(飛練)卒業は同十七年十一月だから、瑞鶴乗組みで初陣を飾ることになる。老練パイロットの眼からみれば、この若者はまだまだヒヨッ子にすぎない。

「そんなことより、見張りをしっかりやれよ」

若武者らしい意気ごみを軽く聞き流して、斎藤飛曹長は初陣の搭乗員が陥りがちな

後上方からのグラマン戦闘機の一方的急襲を、まず第一番に警戒するよう注意をうながした。米軍機の急降下による背後からの一撃で防弾設備をもたぬ零戦が被弾炎上する被害が少なくないのである。

搭乗員宿所は急造の板張り兵舎で、士官用と下士官用二棟の三棟に分かれていた。斎藤、長倉たちは同一兵舎で寝起きすることになり、だだっ広い空間に簡易ベッドが敷きつめられてある。区画ごとに蚊帳を吊り、衣嚢《いのう》やトランクをかたわらに各自が眠りにつくのである。暑熱と慣れぬベッドで寝つかれず、ボソボソとあちこちで会話がかわされている。最前線基地での心の昂りもあるのだろうか。

「いいかげんに寝ろ」

と枕元で声がした。斎藤飛曹長が声の主を見ると、士官用宿舎から抜け出してきた荒木大尉がベッドの間を歩いて部下搭乗員の様子を見回っているのだ。

「お前たち、マラリアにかからんよう気をつけろよ」

蚊を媒介とするマラリアやデング熱の熱帯病が多く発生している。いったん発症すると、高熱がつづいて最悪の場合は命取りになる。兵学校最上級の一号生徒時代、伍長として分隊全員の面倒を見た責任者のように、戦地に出ても率先して第二中隊員の体調を気づかう親分肌の分隊長であった。

松江中学出身。眠る時間をけずって部下搭乗員の健康に注意をはらう荒木分隊長の姿……。斎藤飛曹長は頭の下がる思いがした。

3

翌日はニューギニア東南岸ポートモレスビー豪軍基地からの航空攻撃にそなえて、上空警戒の三個小隊が東飛行場を飛び立った。

第一直は吉村博中尉以下三機、第二直は斎藤飛曹長以下、荒木茂大尉、重見勝馬飛曹長の各小隊三機。この日は、何事もなく終わった。

「本日、敵ヲ見ズ」

二月一日、いよいよ「ケ号作戦」の開始日である。

「ケ号」の意味は、ふたたびガダルカナル基地を奪回すべく「捲土重来《けんどちょうらい》」の含みがあるとの由だが、つまらぬ語呂合わせにすぎず、対米血みどろの死闘を重ねての教訓に立っての祈願とも思われない。

「ケ号作戦」＝ガ島撤収作戦は、もしその意図を米軍に見破られれば、日本軍将兵は退却中に集中的な包囲攻撃をうけ、また各戦域で大攻勢に見舞われ、部隊全滅に瀕する可能性があるからだ。

昭和十七年十二月三十一日、御前会議でガ島撤退が正式に決定し、参謀本部から命令伝達に井本熊男、佐藤忠彦両参謀が現地第十七軍司令部に派遣されることになった。案の定、ジャングルの奥地ボネギ河上流の司令部にいた宮崎周一参謀長は、

「撤退など、敵に知られれば味方全滅の止むなし。最後の一兵まで死力を尽して戦うべきだ」

と激昂した。

小沼治夫軍参謀も同調し、結論は軍司令官百武晴吉中将の下に持ちこまれた。戦死者の累々たる屍の山を築いた上での撤退は、陸軍の名誉に悖《もと》る行動である。薄汚れた幕舎での百武中将のたった一人の結論は「大命を万難を排して遂行す」であった。

海軍側が用意したのは、撤収作戦用の駆逐艦二〇隻。第三次ソロモン海戦で戦艦比叡、霧島、重巡衣笠を喪失し、連合艦隊司令部ではこれ以上の損失を出せなかったし、「東京急行」の高速駆逐艦で米軍機空襲の間隙をぬい、夜陰にまぎれて脱出するのが残された唯一の方法でしかなかったのだ。

計画立案は渡辺安次戦務参謀が当たった。当初は全駆逐艦で一挙に全陸兵を救出するという作戦案であったが、山本長官の一兵も残さず引き揚げて来るようにとの強い意志により、三回に分けて救出に向かうことになった。

駆逐艦一隻あたり七〇〇～八〇〇名。それでも山本長官は「三分の一ぐらいが救出可能」ときびしい判断をした。

陸上兵力の撤収要領は、以下の通り。
第一次輸送（二月一日）第三十八師団、軍直轄部隊の一部、海軍部隊及び患者
第二次輸送（二月四日）第二師団、軍直轄部隊の大部
第三次輸送（二月七日）残余の部隊

南太平洋部隊司令官W・F・ハルゼー大将（昇進）は、日本側「ケ号作戦」の存在にまったく気づかなかった。いな、それよりも日本側の動向を見て、新たなるガ島奪回の大部隊が編成されていると錯覚した。

米軍機偵察報告によれば、ラバウル港やブイン沖に日本軍艦船の集結が見られたし、さらにまた第八艦隊が企図をカムフラージュするために発した偽電工作が成功して、「ガ島北方のオントンジャバ付近に日本空母、戦艦部隊行動中」とのデマ情報にまんまと引っかかったのだ。

ハルゼー大将が日本軍の企図を見誤ったのは、これで二度目である。

最初は南太平洋海戦でキンケイドの機動部隊が南雲第三艦隊の反転北上に気づかず、「攻撃せよ！」と〝ミッドウェー海戦勝利の再来〟を目論んで肩すかしを食ってしまった件で、二度目も同じように南太平洋上で日本空母部隊と決戦を企んで「ジャップを叩きのめす」つもりが空まわりに終わった今回の失策となる。

ハルゼーは「猛牛の暴走」でレイテ沖海戦でも全機動部隊を北上させ、無謀な独走を企て米戦史家たちの失笑を浴びるが、しかしながら、彼の全身全霊ぶりをみていると、その心理の背景に「日本海軍恐るべし」との畏怖の感情が見え隠れするようである。

ハルゼーが新たなる幻の日本空母部隊にむけて用意した兵力は、南太平洋方面でかき集められるだけの全戦闘部隊であった。

すなわち、戦艦部隊（新戦艦インディアナ、ノース・カロライナ）、機動部隊（空母エンタープライズ基幹、同サラトガ基幹）、巡洋艦・駆逐艦部隊および護衛部隊の五個部隊で構成され、ガ島南方海域で日本空母部隊の再攻撃にそなえた。

このうち、護衛部隊は大西洋から回航してきたロバート・C・ギフェン少将の重巡三隻（ウイチタ、シカゴ、ルイスビル）、軽巡三隻、駆逐艦八隻より成り、護衛空母二隻（シェナンゴー、スワニー）が上空警戒に参加した。

ギフェン艦隊は他の四隊からはなれて、ガ島支援のヌメア発上陸船団を直衛せよとの命令をうけていたが、護衛空母群は商船改造型の低速部隊で一六ノットがせいぜいというありさま。巡洋艦部隊の低速化をおそれたギフェン少将は護衛空母を後方に取り残したまま、二四ノットの速力で快進撃をつづけた。

北アフリカ戦線で勲功のあった同少将は航空部隊との交戦に経験がなく、むしろ日本軍潜水艦の襲撃を警戒していた。一月二十九日夜、この部隊に撤収作戦で集結していた七〇一、七〇五空の一式陸攻部隊が航空攻撃を加えたのである。

鈍足ながら一式陸攻部隊の雷撃はみごとなチームワークで敢行された。

一隊が照明弾を投下し、真昼のようにあかあかと照らし出された光芒を背景に浮かび上がった三重巡に魚雷投下を敢行。それぞれに一〜二本が命中したが、重巡シカゴ以外は不発弾で、シカゴは右舷に九五式改三型魚雷が命中。缶室に浸水し、さらに二本目が第三缶室に命中、航行不能となった。

重巡シカゴはさらに翌日、七〇五空の一式陸攻が発見、これを攻撃。空母エンタープライズのグラマン戦闘機群が妨害に飛び立つなか、一一機のうち一機が自爆。残る五機が魚雷投下に成功し、駆逐艦ラ・パレットを大破、シカゴのかたむいた右舷に四本を命中させた。出撃機一一機のうち、未帰還七機におよぶ凄惨な航空攻撃であった。重巡シカゴは二〇分後に沈没。

ハルゼー大将は司令部宿舎を旧式潜水艦アルゴンヌから、ようやくヌメアの陸上施設に移したが、日本空母部隊との対決にそなえてはやり立っていた。その日本軍情報の解析はハワイの太平洋艦隊司令部から発せられたものであった。「日本軍は新たな大攻勢を準備中」

サンゴ海海戦を予見し、ミッドウェー作戦の全貌を暗号解析したハワイの戦闘情報班「HYPO」（ハイポ）がなぜ、このようなミスを犯したのか？　これら情勢解析の中心人物ジョセフ・J・ロシュフォートが「ハイポ」班長から外され、暗号解読の立役者の地位を追われたのである。

追われた二人の日米戦争功労者

1

人間の歴史とは、ふしぎなものである。

戦争の推移を見ていると、国力や科学技術の差、資源力の有無が勝敗を分けるのだが、指揮官の資質や決断力、洞察力といった人間的側面も、戦局の動向を左右する場合が多い。

さらにいえば、個人の権力欲、嫉妬《しっと》、偏見、蔑視といった情念までが、戦いの帰趨に影響をおよぼすことがある。

米太平洋艦隊司令部が日本軍の「ケ号作戦」の実施にまったく気づかなかった背景には、暗号解読の第一人者、ハワイの戦闘情報班「ハイポ」班長ジョセフ・J・ロシュフォートが同司令部から追い出された一件がある。

海軍の一水兵から身を起こし、語学将校として日本に送りこまれた経験を持つこの天才的科学者は日本海軍の暗号を完全に解読し、ミッドウェー海戦を予知。正しく南雲機動部隊の行動を暗号解析し、米国海軍大勝利をもたらした勲功がある。

司令長官チェスター・W・ニミッツ大将が懐刀《ふところがたな》として大切にしたこの陰の功労者を、ワシントンの海軍作戦部は巧みな人事操作で「ハイポ」の現場から葬り去る愚を強行したのだ。

その人事工作の中心人物は、ワシントンの海軍通信部長ジョセフ・レッドマン大佐。もともと米国海軍省内では通信部と情報部の対立、派閥抗争の歴史的経緯があり、同大佐は人事面でも弟のジョン・レッドマン中佐を暗号解読の訓練もうけないままOP－20－G（通信保全課）に送りこみ、通信、暗号解読両部門をワシントンに集中させる画策をした。

レッドマン大佐は合衆国艦隊司令長官アーネスト・J・キング提督のお気に入りの人物であった。情報組織を一手に握りたいと独裁的な権力欲を持つキング大将と野心家の同大佐は目的を一にし、通信、情報の一元化に専心。レッドマン兄弟は、ワシントンのOP－20－Gを大再編した。

また、キング提督は開戦いらい、ポートモレスビーをふくむ豪州との連絡交通網を厳守せよとの大号令を発しており、レッドマン大佐はその意向にそって、南東方面での危機を強く訴えた。その兄弟の意図に反したのが、中部太平洋ミッドウェーでの危機を訴える「ハイポ」のロシュフォートの存在である。

ロシュフォートはニッミツ大将の腹心、司令部の情報参謀エドウィン・T・レートン中佐の篤い信頼を得ており、ほぼ独善的に解読作業に熱中した。天才にありがちな奇矯で、野放図な性格から、ロシュフォートと彼のチームは、組織とはいえない独特な雰囲気で解読任務に当たった。

このワシントンの動向を無視した勝手な振舞いが、組織統一をめざすレッドマン大佐の逆鱗にふれたのである。

大佐がまず手を打ったのは、ロシュフォートの任務を日本艦隊の通信諜報を解読することのみに限定することであった。外交電報、その他日本政府の機密暗号には手をつけさせない。これで「ハイポ」の自由裁量を禁じたつもりだったが、ロシュフォート班長はこれら禁令をいっさい無視した。

通信解析とは、おびただしい暗号解読文のなかから大河の流れのうちの水の一滴をすくい出すような困難な作業を指すのだが、ロシュフォートは独力で日本軍の次期作戦目的地「AF」がミッドウェーであることを探り出した。一方のワシントンのOP-20-Gは、これをハワイ諸島周辺と誤読した。

さらに、日本海軍の一般暗号「海軍暗号書D」（米側呼称JN-25b）から、彼らがアリューシャン列島の地図に言及していることに気づき、さらにまた中部太平洋での大規模な作戦が準備されつつあることを嗅ぎ取った。

レッドマン兄弟は、相変わらずニューカレドニア、ポートモレスビー、フィジーへの日本軍南進を示唆している。同じ情報、同じ材料の解読文を手中にしながらも……。

ニミッツとレイトン情報参謀は、相反する情報の狭間で、日本海軍機動部隊がミッドウェー攻略をめざしていることを正しく理解し、ロシュフォートの鋭い解析力を支持しつづけた。キング提督もニミッツからの勧告にしたがい、OP－20－Gの解読作業は重用されなくなった。

権力欲の強いレッドマン大佐は孤立感を深め、ますますワシントンへの情報一元化への欲求を高めた。裏返してみれば、輝かしき才能を発揮する天才ロシュフォートへの羨望、妬みから発した動機ともいえようか。

ロシュフォートはついに日本海軍の次期作戦目的をミッドウェーと解明し、「敵の空母は多分六月四日朝、北西方向、三二五度の方向から攻撃してくるだろう」と正確に予測した。

その位置は、「現地時間午前七時ころ、ミッドウェーから約一七五カイリの地点」

2

ミッドウェー海戦での米国海軍大勝利は、真珠湾攻撃の敗北感から戦勝に飢えていた米国民に大喝采された。

だが、その主役は指揮官スプルーアンス提督であり、全滅を賭して飛び立った第八雷撃機中隊ウォルドロン少佐であり、日本空母を海底に葬ったマックラスキー急降下爆撃機隊長らが戦いの中心人物であって、陰の功労者ロシュフォート「ハイポ」班長ではなかった。

ハワイのニミッツ提督からロシュフォートへの叙勲申請が出されたが、ワシントンは同等の功績者があると主張するレッドマン大佐の進言を受け入れて、キング大将もこの提案を握りつぶした。

レッドマン兄弟の執拗な人事工作は、もはや個人的復讐と評しても良いだろう。ハワイの「ハイポ」をOP－20－Gの指揮下におくために、まずワシントンに「太平洋方面情報センター」（ICPOA）を新設し、初代指揮官にロシュフォートを推薦し、受理された。

これでこの偉才を部下と隔離し、ハワイの暗号解析の現場から隔離することに成功した。

この人事異動はミッドウェー海戦後の六月二十四日のことで、同時期に弟のレッドマン中佐は大佐に昇進し、レイトン中佐の後任として太平洋艦隊情報参謀に送りこまれた。八月七日、米海軍はガダルカナル島に進攻し、これ以降、ニミッツ提督は稀代の天才的暗号解析者を失ったまま、日本海軍の反撃と対峙せねばならなかったのである。

ハワイの「ハイポ」を混乱させたのは、六月一日付で日本海軍は「暗号書D」の改変に踏み切り、ミッドウェー敗北後二ヵ月目に暗号被解読を懸念して再改定をおこなったことである。これで暗号解読作業は振り出しにもどった。

もう一つ、「ケ号作戦」が見破られなかった原因として挙げられるのは、現地第八艦隊による偽電工作である。在ラバウルの同司令部では大前敏一参謀以下が「東京急行」をはじめとする糧食輸送作戦がことごとく米側に察知されていることに疑いを抱き、暗号解読の惧《おそ》れありと厳重警戒した。

ガ島撤収は、日本軍将兵の命運をかけた作戦である。米側に企図を察知されないために極力暗号電報の打電を控え、作戦目的は「撤収」でなく「大攻勢」のために艦隊を集結させていると錯覚させることにした。

この偽電工作が成功すれば、もし救出の駆逐艦部隊が偵察機に発見されようとも、簡単に米国艦隊は出撃してこないだろう。

利用されたのは第八戦隊の重巡利根、伊号第八潜水艦および各通信隊である。利根はヤルートを出発、ハウランド、ベーカー両島より南方三〇〇カイリの地点を遊弋、艦隊同士が活発に交信しているかのように盛んに偽電を打った。伊八潜はカントン島付近を行動、同様の電波攪乱工作をした。

もっとも効果のあったのが在ラバウルの第一連合通信隊で、空中状態が悪化する気象条件のなかで、ガダルカナル島の米軍基地を呼び出し、米カタリナ偵察機からの緊急通信をよそおい、

「敵空母見ユ、空母二、駆逐艦一〇隻発見……」

と、平文で打電したのである。

米軍基地側も緊急事態と錯覚（！）して、ただちにハワイの太平洋艦隊司令部に転電した。これが折り返しヌメアのハルゼー司令部に打ち返され、〝猛牛《ブル》〟ハルゼーも空母、戦艦部隊をガ島南方海域に集結、待機させたのである。

――ともあれ、「ケ号作戦」は秘匿《ひとく》に成功した。だが、ハワイの「ハイポ」が暗号解読第一人者の転出によってほぼ無力化したと喜んでばかりはいられない。思いがけない出来事で、米太平洋艦隊司令部は改変された「海軍暗号書D」の解読に成功した。何のことはない、同暗号書の原本を入手したのである。

一九四三年（昭和十八年）一月二十九日夜、伊号第一潜水艦は重要任務をおびてガダルカナル島西北海域を航行していた。任務とは改変された新「海軍暗号書D」の配

布で、乱数表をふくめ最前線各地に配布するおびただしい量の暗号書を搭載していた。

夜間とともに浮上。水上航走で新鮮な空気と入れ換えようとしていた。

折悪しく至近距離にニュージーランド海軍のコルベット・キウィとモア二隻が航行していた。「敵発見！」と同時に、前者の艦長G・ブリッゾン少佐は果敢にも体当たりを決行。日本海軍の大型潜水艦の艦体に乗り上げた。逆走して、また体当たり。

潜水艦側も大砲、機関銃で応戦したが、結局は浸水はなはだしく珊瑚礁《リーフ》の上に擱坐。艦長坂本栄一大佐以下大半の乗員が戦死した。

残る六五名の生存者は手分けして暗号書を陸地に運び上げ、土中に埋めた。しかしながら、カミンボ岬は敵中の勢力圏内であったので、米側はのちに回収。潜水艦内で処分が間に合わなかった暗号書、乱数表のほとんどを引き揚げた。

翌日、事態を知った海軍中央は基地航空部隊による空爆により、伊一潜の破壊と暗号書の焼却を企図したが、不徹底に終わった。

そして、この暗号書の処理に関しても、日本海軍の機密保持の甘さが露呈しているようである。同暗号書が米軍入手の危険があると見て、暗号書と乱数表の一部を更新したが、肝心の「暗号書D」本体は作業煩瑣《はんさ》なため改変されず、放置された。

ハワイの米太平洋艦隊司令部はロシュフォートの奇才を必要とせずに、日本海軍の暗号書を入手していたのである。

3

米国海軍は対日戦争の恩人ともいうべき功労者を私的な人事抗争のあげくに表舞台から遠ざけたが――その事実は戦後も永く語られることはなかった――日本海軍でも同じような理由で、ガダルカナル攻防戦の主役の座から追われた水雷戦隊司令官がいる。

その原因を深く追及してみると、ごくささいな人間的側面――口うるさい、文句型の将官だった――が考えられ、表面的な訴追原因はいくつかあげられているが、要は〝面倒くさい男〟が最前線部隊から追放されたのである。

田中頼三少将。第二水雷戦隊司令官、五十歳。ルンガ沖夜戦勝利の輝かしき勇者である。

海軍兵学校四十一期を卒業後、水雷畑一筋に進み、軽巡神通、戦艦金剛等の艦長経験がある。日米開戦後はダバオ、セレベス島メナド、アンボン攻略戦に参加。スラバヤ沖海戦では連合国艦隊壊滅の魚雷戦、砲戦の勲功を立てた。

ガ島攻防戦当時では第一次、第三次ソロモン海戦に参加した戦歴の豊富な水雷戦隊司令官という存在になる。

壮年期には参謀職の経験もあり、作戦用兵の局面では、上司の司令長官に直接注文をつける例が少なからずある。

注文をつける相手は、在ラバウルの第八艦隊司令長官三川軍一中将である。広島県出身、兵学校では田中少将の四期先輩に当たる。

三川中将の名が一躍脚光をあびたのは第一次ソロモン海戦での日本海軍お得意の夜戦で、米重巡四隻を撃沈破。一気に海軍部内での英雄となった件である。

海戦当日、夜明けとともに米軍機の反撃空襲を恐れて、ガ島海岸の米輸送船団を放置したことで指揮は消極的と批判されたが、これも戦後になってのことであり、艦隊決戦思想が主流の当時では名指揮官として声価が高い。

田中少将は相手が先輩の三川中将でも容赦はしない。ガダルカナル島飛行場奪回のために最前線ラバウルより六〇〇カイリも離れた基地を保持するのは不可能。早くから同島放棄論を力説した。

また水上艦艇をつぎつぎにコマ切れに派出して戦力を消耗するごとき作戦などは不要。兵力を集中して一気に局面を打開するよう、兵力逐次投入の愚を強く訴えた。

三川長官は幕僚たちの面前で、最高指揮官たる自分の決定を批判されるのは面白かろうはずはない。ドラム缶輸送の最終段階で体《てい》よく人事異動の形で十二月二十九日付軍令部出仕、翌十八年二月五日付で舞鶴警備隊司令官兼海兵団長に放出した。明らかな左遷人事である。

その理由として挙げられるのは明確ではないが、防衛庁（現防衛省）の公式戦史が記述しているように、十一月三十日のルンガ沖夜戦のさい、ドラム缶輸送の司令駆逐艦長波が先頭に立たず、単縦陣の中央に位置して〝適切な戦闘指導を行わず〟、魚雷一斉射だけで真っ先に反転してしまったこと。

「このことは我が海軍の伝統を破るものであり、且つ開戦以来の消極的行動もあって二水戦は弱い、と各隊、艦関係者は批判していた」

ドラム缶輸送とは、高速貨物船による船団輸送がことごとく失敗に終わり、せめて飢えに苦しむガ島陸軍部隊への糧食輸送の手段として、ドラム缶に米麦を半量積めこみ、索で連結して駆逐艦の上甲板に固縛。一艦に二四〇～二〇〇個のドラム缶を搭載し、予備魚雷八本を陸揚げして各発射管の斉射一回かぎりとしてガ島沿岸に突入する決死作戦である。

第一回ドラム缶輸送は十一月二十九日、第三次ソロモン海戦の直後に挙行された。指揮官は二水戦司令官田中頼三少将。

司令駆逐艦長波を真ん中におき、先頭に警戒隊駆逐艦高波、ついで第十五駆逐隊四隻、第二十五駆逐隊三隻が単縦陣となって目的地、ガ島北岸タサファロング泊地めざした。

田中少将が旗艦長波を中央に位置させたのは、ドラム缶輸送の全体状況を把握するためのもので、指揮官先頭の日本海軍精神を回避したわけではない。出撃に当たっては、各駆逐艦長に「敵艦隊に遭遇した場合以外は大砲、機銃を射ってはならない」と厳命した。

過去の実戦経験から深夜の海上で砲銃口の火箭が米国艦隊の目標となって被弾炎上するケースが多かったためである。

この厳命がじっさいの海戦では、田中駆逐隊勝利の遠因となった。

通例通り、ショートランドを出発した二水戦部隊はソロモン群島に散在する豪軍看視員に発見され、ガ島米軍基地に通報された。迎撃に出動してきたのはカールトン・H・ライト少将の重巡四、軽巡一、駆逐艦六隻。旗艦は重巡ミネアポリス。さらに米側には日本駆逐隊の持たぬ対水上艦用SGレーダーが装備されている。

ただし、多くの米側戦史が記述しているように、司令官ライト少将は着任して二日目。部隊編成も急遽出来上がったもので、たがいの連係不足。重巡各艦の艦隊行動も訓練充分とはいえない。

海戦は三十日夜、田中艦隊がサボ島南方水道にはいった時に生起した。午後九時一二分、先頭の警戒駆逐艦高波が「一〇〇度方向ニ敵ラシキ艦影見ユ」と報じてきた。折しも各駆逐艦はエスペランス岬沖で速力を一二ノットに落とし、ドラム缶の投入準備にかかったころである。

方法は二つ。このまま投入をつづけるか。中断して攻撃、反転引き揚げるか。田中少将の決断は素早いものであった。一分ほどの考えこむ瞬間があり、同九時一六分、全艦艇あてに攻撃命令が下された。

「揚陸止メ、全軍突撃セヨ!」

ライト艦隊は日本側より六分早く、旗艦ミネアポリスのレーダーは日本艦隊をとらえていた。隊列は駆逐艦部隊四隻を先頭に、重巡ミネアポリス以下四隻の巡洋艦単縦陣がつづく。後衛に駆逐艦二隻。

水上戦闘に馴化していないライト少将は、即座に事態を決断できなかったようである。同九時一六分、先頭の駆逐艦フレッチャーがふたたびレーダーで確実にとらえ、「左艦首七、〇〇〇ヤード（六、四〇〇メートル）に日本艦隊発見」と報じ、魚雷発射の許可をもとめたところ、同少将は四分間、決断をためらった。同二〇分、ようやく攻撃命令が下りる。

この四分間のおくれが勝敗を分けたのである。

先頭の駆逐艦高波はライト艦隊の砲銃撃を吸収する形で犠牲になったが、旗艦長波は魚雷を発射して避退。残る駆逐艦六隻はただちにドラム缶揚陸作業を中止。各駆逐艦長は「魚雷戦、砲戦用意！」を発令し、砲員は砲塔へ、魚雷員は発射管に飛びついた。

かねてからの猛訓練通り、あっという間もない素早さである。出撃前、各駆逐艦長が、

「司令官、魚雷が泣いています」

と訴えた、二水戦本来の水雷屋根性を発揮する瞬間がやってきたのだ。

米側のライト少将は最初のSGレーダーによる発見で、まず砲撃の口火を切ったが、魚雷発射に手間どったため、二水戦各艦からの九三式魚雷が先手を打って水中を突進

した。旗艦ミネアポリスは魚雷二本が命中、艦首はえぐり取られ、第一砲塔の根元まで浸水。二番艦重巡ニューオルリーンズは命中魚雷により弾薬庫爆発。三番艦重巡ペンサコラは艦橋直下の機械室に魚雷命中、三番砲塔が大火災を起こした。最後尾の重巡ノーザンプトンも二本の魚雷が命中し大火災、航行不能となった。同艦は翌日未明に沈没。

田中水雷戦隊はわずか三〇分たらずのあいだに米重巡一隻沈没、同三隻大破の大戦果をあげた。これら三重巡は約一年間、修理のため米本土にとどめおかれた。日本側大勝利である。

戦場離脱後、田中少将は戦闘の結果をつぎのように報告した。

「新式戦艦一隻（ワシントン型）撃沈、重巡（オーガスタ型）一隻轟沈、三隻大火災（うち一隻沈没）」

沈没した駆逐艦高波の生存者は一〇〇名と推定せられ、乗員救助のため同親潮、黒潮二隻が残された。旗艦長波は江風、涼風とともにショートランド泊地へ帰港した。

本来なら、第二水雷戦隊は凱歌をあげて帰還すべきところ、迎え入れた第八艦隊司令部の対応はよそよそしかった。

戦闘経過を見ていると、司令駆逐艦長波は隊列の中央に位置し、先頭の高波一艦が米軍艦艇の集中砲火をあびて撃沈せられたること。なぜ田中少将は「指揮官先頭に立たんのか！」。

また、肝心のドラム缶輸送という大任を途中で放棄して、貴重な糧食を味方陸軍部隊にとどけられなかったこと。「任務完遂こそ、二水戦の最優先事項ではないか！」

威勢の良いから元気な参謀たちが跋扈《ばっこ》していた戦中期のことである。田中少将の戦闘指揮をめぐって、あからさまに批判する声が渦巻いた。この時期、三川長官と田中少将の不和は頂点に達していて、長官は部下司令官の意見具申、不満を消極的な性格、悪くいえば怯懦《きょうだ》のあらわれと考えて、司令部に姿を見せた田中少将に直接こんなイヤ味をいったことがある。

「君の隊の乗員は近ごろ士気が衰えて、ガ島に行くのを嫌がっているそうだが、どうかね」

艦隊長官から、自分が猛訓練で鍛えあげた部下をおとしめるような、皮肉たっぷりな批判をされて、田中少将の誇りは深く傷つけられたようである。同少将は二度と艦隊司令部を訪れることはなかった。

こうした冷遇にもかかわらず、田中頼三少将の二水戦部隊は十二月三日と十一日の二回、ドラム缶輸送の任務についている。

前者はドラム缶一、五〇〇個全量投下に成功。後者では途中海域で米軍魚雷艇により乗艦照月が大火災。田中少将は負傷し、海上で長波に移乗した。この二回とも現地陸軍部隊の不手際により、ドラム缶回収は少量にとどまっている。

その後、ラバウルとガ島の中間基地ムンダへの輸送任務についたあと、十二月二十九日付で、既述のようにとつじょ二水戦司令官の座を追われた。

開戦いらい、輝かしき軍歴の結果、軍令部や海軍省の要職に栄転するのではなくて舞鶴警備隊司令官、同年十月からはビルマ方面の根拠地隊司令官に左遷されたのである。この地位は、水雷屋上がりの将官としては懲罰にひとしい人事である。

4

奇怪なことに、ガ島戦における水上艦隊の最後の勝利ともいうべきルンガ沖夜戦の快勝を、日本海軍は田中追放人事とともに戦史の闇の中に封じこめてしまったが、田中頼三少将の功績はむしろ敵側の米国戦史によって称えられた。

米国海軍戦史家サミュエル・E・モリソン博士は『太平洋戦争アメリカ海軍作戦史』の「タサファロング海戦」（同海戦の米国側呼称）の項を特別に一章を設けて、ライト艦隊と田中水雷戦隊の不意の遭遇戦を詳述している。

そのなかでモリソン博士は田中頼三を「不屈の提督《ザ・テナシアス》」と称賛し、「彼はその情熱、忍耐と勇気があり、（敗れたライト少将にとっても）敵方の指揮官が本当に秀れた人間であるということは常に慰めになるものであり、タナカはそれ以上に、じつに素晴らしい男だった」と手放しに評価している。

米国側は、海戦の勝敗はじっさいの戦闘における指揮官の采配、決断によって左右されるもので、戦闘序列の順位とか、補給物資投下の成果などは二の次にして、純粋に戦闘経過のみに注意をそそいでいる。そして田中提督の行動は「飛びきり素晴らしかった」。

「タナカは信頼できる旗艦神通には乗艦せず、その甲板は補給物資でふさがれた状況で味方駆逐艦一隻を代価として重巡一隻を撃沈、他の三隻をほとんど一年にわたって戦闘不能とした。戦争中、アメリカ側が犯した錯誤が敵の失策によって帳消しになるケースが少なくないが、タナカはその駆逐艦戦闘において多少の混乱はあったが、一度も過失を犯さなかった」

そしてモリソン戦史はさらに言葉をついで、敵国側の人間がこのように称賛する「不屈の提督」が、のちの戦場からすっかり姿を消している事実を指摘する。「戦争中われわれは、田中少将がなぜつぎの海上部隊の指揮官として登場してこないのか、不思議に思えてならなかった」——。

ガ島撤収作戦以降は、ソロモン海域の制空・制海権両方を米軍が一手に握ることになり、戦場はますます苛酷、熾烈《しれつ》なものとなる。日本海軍は優秀な指揮官なら一人でも多く欲しいところを、打ってつけの「不屈の提督」を陸上部隊の凡庸な任務に封じ込めたのである。

そしてマリアナ沖海戦、レイテ湾戦艦大和突入など起死回生の大作戦を実施しながらも、日本海軍は水上部隊の勇気ある指揮官を登用することなく、無惨な敗走をつづけるのである。

さて、田中少将の後任として二水戦司令官に小柳冨次少将が着任することになった。兵学校では一期後輩で、ガ島飛行場砲撃に戦艦金剛艦長としてヘンダーソン飛行場焼き打ちに功績のあった人物である。新潟県出身。

二ヵ月後に第十戦隊司令官に横すべり。駆逐艦二〇隻を指揮して「ケ号作戦」実施に取り組むことになった。この人事に横槍を入れたのは三川軍一中将である。

この時期、第十一航空艦隊、第八艦隊および付属機関あわせて南東方面艦隊が新編成されることになり（前年十二月二十四日付）、司令長官として草鹿任一中将が赴任することになった。
新任の草鹿中将は、「ケ号作戦」指揮官に小柳少将の一期上、ドラム缶輸送のベテラン橋本信太郎第三水雷戦隊司令官を強く推した。橋本は田中頼三とちがい、不言実行型の誠実な司令官である。

こうした〝文句をいわない〟指揮官が三川長官のお気に入りらしく、この順当な人事配置でわだかまっていた水雷戦隊の田中更迭人事の不評が何となく立ち消えとなった。

昭和十八年二月一日、橋本少将指揮下の駆逐艦二〇隻がショートランド泊地を出発。飢えたガ島将兵の救出に向かうことになった。ラバウル基地の瑞鶴戦闘機隊にも発進命令が下された。いよいよ「ケ号作戦」が始動するのだ。

救出駆逐艦の上空直衛

1

いよいよ「ケ号作戦」実施日が近づいてきた。

ラバウル基地に展開する瑞鶴戦闘機隊は前日中にブイン基地に進出。基地航空部隊の第五八二空零戦、艦爆隊と合流のうえ、ツラギ沖の米軍艦船部隊に航空攻撃を加えることになっていた。あくまでも、名目上は〝圧倒的攻勢〟である。

午後四時五九分、納富健次郎大尉以下零戦一九機発進。一路、ブーゲンビル島ブインへ。五八二空の九九艦爆隊一九機も別働隊として同時南下する。ラバウル基地には、待機隊として関谷丈雄中尉の一個中隊が残された。

翌二月一日午前一〇時、ブイン基地発進。五八二空零戦二一機、同艦爆一五機を加えてのガ島陸軍部隊救出の重要な航空支援作戦である。

出撃前の隊長訓示で、納富大尉はいつものいかつい、きびしい表情が一段とけわしい面持ちに変わり、声もまた固い。

「本日の航空支援作戦はいつもの敵戦闘機との空戦とは異なり、味方陸軍部隊救出という重大任務をおびている。われわれの動きに呼応して、味方水上部隊が必死になってガ島北岸泊地にむかう。

この救出作戦のあいだ、敵航空機、敵水上部隊を一歩たりとも近づけてはならん。われわれはとくに味方艦爆隊が攻撃突入するあいだ、心して万全の護衛任務につくように！」

搭乗員整列の訓示がおわると、中隊ごとの注意があった。納富大尉の指揮小隊三機にかわって第一中隊一〇機に吉村博中尉が、第二中隊六機には荒木茂大尉がそれぞれ細かい指示をつけ加える。第一中隊末尾の小隊長、斎藤三郎飛曹長もはじめての米海軍機グラマン戦闘機との対決をひかえて、神妙な表情となる。

——強敵グラマンはどのていどの実力か。

味方零戦の実力は一機にたいし米戦闘機六機に匹敵する——とは、海軍上層部の参謀あたりが豪語している数字らしいが、最前線にいるわれわれとしては敵を侮ってはならぬ、と心に誓う。ガダルカナル攻撃行のたびにかならず自爆、未帰還機が出ている以上、米海軍機はやはり手強い相手だと思う。

第一中隊には横田艶市一飛曹、大石芳男一飛曹、第二中隊には重見勝馬飛曹長など歴戦の古強者の顔がのぞいて見えるが、それぞれに真剣な表情で分隊長機の指示に耳をかたむけている。

「かかれ！」

号令一下、隊列が乱れてそれぞれが列線の愛機に駆け寄った。五八二空艦爆隊一五機を護るようにして、零戦隊計四〇機がいっせいに南下をはじめる。五八二空とは昨年秋の隊名変更により、第二航空隊が呼称変えとなったものである。

ブイン基地を発進して、ソロモン群島ぞいをガダルカナル島へ。めざすツラギ港は北側のフロリダ島にある米海軍の補給基地だ。左側にチョイセル島、イザベル島を遠く眺めてニュージョージア島を越え、サボ島上空へ。ツラギ港はすぐ目前だ。

午後一時近くになって遠くツラギ港が見え、直下にいる九九艦爆隊が高度を下げはじめた。彼らの目標先には白いウェーキを立てて北上する米水上部隊が望見される。九九艦爆隊指揮官はこれを「米巡洋艦二、駆逐艦三隻」と過大に見たが、じつはこの朝ヘンダーソン飛行場に兵員、補給物資の運搬をおえた駆逐艦四隻「フレッチャー」「ラドフォード」「ニコラス」「デヘイブン」、およびLCT（戦車揚陸艇）五隻のうち、さきに任務完了した「フレッチャー」と「ラドフォード」の駆逐艦二隻、LCT計三隻がエスペランス岬を回ってサボ島沖三マイルの洋上にさしかかっていた折のことであった。

彼らは日本側の妨害を受けることなく、歩兵第一三二連隊の第二大隊全員、輸送トラック、弾薬、食糧を無事に運びこんだ。残る「ニコラス」「デヘイブン」およびL

ＣＴ二隻は揚陸海岸にとどまり、上空直衛の米戦闘機群は彼らの上空に引きつけられている。

九九艦爆隊は帰港をいそぐ駆逐艦二隻に襲いかかり、一個中隊六機が「デヘイブン」上空から矢つぎ早やに二五〇キロ爆弾を投下。米側記録によれば「三発の爆弾が同艦に命中し、一発は至近弾となり外側を損傷した」とある。艦長チャールス・Ｅ・トルマン中佐は艦橋爆破と同時に戦死し、同艦は数分とたたないうちに海没した。「ニコラス」も至近弾をあびたが命中弾はなく、空のＬＣＴ計三隻とともに洋上を逃れ去った。

折しも橋本信太郎少将の駆逐艦二〇隻もガ島沖に接近中であり、同部隊は哨戒中のＢ24に発見されることになり、基地の米軍攻撃機が邀撃《ようげき》に飛び立った。橋本隊は第一次救出を陸軍部隊の要請により、一月三十一日に予定していたが、連合艦隊司令部がレンネル島沖海戦で米重巡部隊が出動してくる事態が生起したことにより「一日繰下ゲ」、二月一日にあらためられた。

この日午前九時三〇分、ようやくショートランド泊地を出撃してきたものである。

橋本少将のガ島救出駆逐艦部隊はエスペランス岬をめざす一番隊、二番隊、輸送隊計一四隻、カミンボ岬をめざす三番隊六隻の駆逐艦が二列に分かれて二六ノットの速力で「鉄底海峡《アイアン・ボトム》」の中央航路を南下中であった。橋本少将が坐乗する旗艦巻波は、左隊列の先頭に立つ。

陸兵約六、〇〇〇名収容をめざす輸送隊駆逐艦八隻は大発一隻を曳航し、小発および浮舟を搭載している。これらは午後九時、両泊地に進入して投錨。陸軍部隊および傷病兵の収容予定だ。

米側は既述の通り、日本駆逐艦の集団南下は新たなる陸軍部隊増強の目的と見た。ガダルカナル各海軍守備隊の米指揮官たちは、「一兵たりとも日本軍隊を揚陸させてはならぬ」と必死になった。

ソロモン群島に点在する豪軍看視員と偵察機は刻々と「駆逐艦二〇隻の南下」をつたえ、後者の緊急信は平文電報だったので、日本側でも傍受した。

一方、味方艦爆隊の突入を視認した納富大尉以下の瑞鶴戦闘機隊ほか零戦四〇機は、高度三、五〇〇メートルの位置からはるか前方ヘンダーソン飛行場沖に蝟集する米航空機群をとらえた。

「敵発見！」

斎藤飛曹長がまっ先に目標を発見、さっそく納富隊長機の前方に進み出て、合図のバンクを送る。「敵戦闘機約三〇機」とみたが、じっさいは陸上基地部隊カクタスから派出された多種多様の航空機五一機（TBF一七機、SBD一七機、P39、P38、P40各四機、F4F五機）が上空に点在しているのが実情であった。

納富隊長は軽くうなずいて手を上げ、指先をぐるぐる回した。各機とも増速せよ、の合図である。ついで増加タンクを切り離して機の負担を軽くする。斎藤飛曹長も素早くそれに倣《なら》った。午後一時〇分ちょうど、

——いよいよ戦闘開始だ。

2

この時期、米軍戦闘機群は基地航空隊の陸軍機、海軍機を問わず、高速を利用して急降下し、日本機に一撃を加えてサッと低空に逃避する「一撃離脱戦法」を採用していない。

急降下速力に制限のある零式戦闘機はこの新戦法によって対グラマンとの戦闘で大いに苦汁を嘗《な》めさせられるのだが、米本土から南東方面に進出してきたばかりの米搭乗員たちは「ジャップ、何するものぞ！」との気概と強い優越感にまだひたっていた。

ガダルカナル島上空の対零戦との戦闘で、彼らはたちまち〝ゼロファイターの恐

怖〟にさらされるのだが、新戦力との交替がひんぱんで戦訓の引きつぎもなく、まったく白紙状態のままの内地出発組が絶えず新手となって戦場に出現してくるのだ。

この日も、たちまち日米両軍入りまじっての航空戦闘となった。

斎藤飛曹長の相手となった米グラマン戦闘機の搭乗員は、前上方から急接近する日本機と真っ向から勝負するつもりのようであった。納富隊長の命令一下、それまで緊密に組まれていた編隊はバラバラに解列し、思い思いの目標を選ぶことになった。

斎藤飛曹長は米軍戦闘機隊の先陣に立つグラマンF4F戦闘機に照準をさだめた。ふり返ると列機の中から駒場計雄飛長が右後方二番機の位置にぴったりとついてくる。零戦二機のペア単位で空戦に挑むつもりらしい。

駒場飛長は丙飛四期出身で、昨年七月、大分空で実用機教育をおえたばかり。ベテランの斎藤飛曹長にしたがえば、先輩のおこぼれにあずかると素早く計算したのであろう。

米グラマン機より一瞬早く斎藤機が急降下し、直上から二〇ミリ機銃弾の一撃をはなった。

あびせた一連射がみごとに命中した。さっとかわして、攻撃を二番機にゆずって上昇に移った。駒場機の機銃弾も的確に命中している。

斎藤回想によると、グラマンはエンジンを射抜かれ、白い煙を噴き出して、くるりくるりと回りながら墜ちて行ったという。搭乗員は戦死したものか、パラシュートは開かなかった。

戦闘は一瞬のうちに終わった。

集合予定地点で隊長機と合流し、反転帰投の途についた。戦果は撃墜一三機、被害は零戦の未帰還二機。米側戦史では、ＴＢＦ二機、ＳＢＤ一機、Ｐ39一機、計四機喪失とある。

ガ島米軍基地からの第二陣は、南下中の橋本隊二〇隻の駆逐艦空襲にむかった。その兵力は戦爆あわせて四一機（ＴＢＦ一一機、ＳＢＤ一〇機、グラマンＦ４Ｆ戦闘機二〇機）。

午後四時八分、サボ島の北西、バングス島北方海面で橋本信太郎少将のガ島救出部隊は米軍機の空襲にさらされた。

上空には引きつづきブイン基地を発進した二五三空（旧鹿屋空）の零戦一八機が警戒にあたっており、ここでも彼我入り乱れての混戦となった。

機数において、米グラマン戦闘機隊は零戦と互角である。米側は「駆逐艦に爆弾命中二発、日本機一〇機撃墜」と勝利を誇っているが、零戦に被害ナシ。逆に二五三空は「米グラマン戦闘機四機撃墜」としているが、米側にも損害はなかった。

だが同一八分、旗艦巻波がSBD急降下爆撃機の至近弾をうけ、航行不能におちいっている。最高指揮官が立往生した状態なので、予備指揮官（として事前に用意されていた）小柳冨次少将は駆逐艦文月を分離し、巻波をショートランド泊地まで曳航するよう命じ、高らかに麾下各駆逐艦に号令を発した。

「ワレ今ヨリ指揮ヲ採《と》ル！」

小柳少将は二水戦司令官として、ガ島への最後のドラム缶輸送を二度も成功させている。木村進少将が負傷したため第十戦隊司令官に横すべりし、本来はガ島救出部隊の指揮官に任ぜられるはずであったが、一期先輩の橋本信太郎少将が横あいから乗りこんできた。

名誉ある任務を次席指揮官として甘受するのは、決して心穏やかなものであったとはいえまい。

だからこそ、先任指揮官が負傷したと聞き、我こそは！　とはやり立ったのである。

橋本少将も寡黙だが、勇猛で知られる指揮官である。旗艦巻波を降りて警戒艦白雪に移乗し、小柳少将麾下一七隻の駆逐艦を追及した。

米側の日本軍〝増援部隊〟を阻止する行動は、いつもの通り執拗をきわめた。第二師団、第三十八師団の揚陸兵力を海岸際でほぼ無力化することに成功したが、このうえさらに精強を誇る日本陸軍部隊を無傷のまま上陸させてはならない、という切実な戦術的要請があった。そのために、彼らは三通りの抵抗策を実践した。

その一は、日本駆逐艦の駐留泊地タサファロング周辺海域への機雷敷設。その二は、所在魚雷艇隊による魚雷攻撃。その三は、定例の航空攻撃である。これらを交互に、くり返し日本駆逐艦隊にあびせかけるのだ。

航空攻撃は前述のように巻波を一時航行不能にしたが、TBF『アヴェンジャー』による雷撃戦は不首尾におわった。警戒駆逐艦黒潮の機銃員渡辺喜代治二曹の回想によれば、「海面すれすれに迫ってきた敵機は、（味方の）銃身も焼けよとばかり浴びせかける銃弾のなか、魚雷投下。海中に潜り浮上してくる魚雷はまるで生きもののように迫ってくる」と、緊迫した瞬間をつたえている。

魚雷は同艦艦長竹内一中佐のみごとな操艦によって巧みにかわされた。続航する白雪も同様、命中魚雷は一発もなかった。投下しおわった『アヴェンジャー』は回避して横腹を眼前にさらしたとき、渡辺二曹の左側機銃の曳光弾が機体の中央部分に命中し、「操縦士が、がっくりと身を伏せるのが目に映った」。同機はそのまま海面に激突し、周囲から「やったぞ!」と快哉をさけぶ声が上がった。

機雷敷設は、旧式駆逐艦を改造した四本煙突の小型敷設艦モントゴメリー、ブレブル、トレイシー三隻によってエスペランス岬ぞいのドマ礁周辺に三〇〇個バラまかれた。これは後に輸送隊から警戒隊に編入された巻波が触雷して大爆発を起こし、夕雲が曳航を試みたものの浸水はなはだしく、沈没の被害に遭っている。

航空攻撃をようやく脱した小柳少将麾下の駆逐艦一七隻は、二隊に分かれて目的地に急行。同少将は、陸兵救出を予定より三〇分おくらせることを決断した。各艦あて、発光信号があわただしく点滅する。

「上陸時刻ヲ二一三〇トス、各艦之ニ応ズル如ク行動セヨ」

小柳少将は、米魚雷艇の攻撃にも警戒をゆるめない。前記のように、ルッセル島付近での米水上部隊発見の味方機通報により、各艦あてとっさの「魚雷戦用意!」「砲戦用意!」の準備をおこたらなかった。いよいよガ島北岸が近づいてくる。全艦あげて三〇ノットの高速で突進する。

この日、天候晴、雲量三、月齢は二五・六であった。

ガ島米海軍基地では、「日本駆逐艦二〇隻接近中」の通報により、ツラギ泊地に待機する魚雷艇隊合計一一隻に総力をあげて反撃するよう命令が下された。

魚雷艇はエルコ77フィート型と新式の同117フィート型などがあり、後者は量産型で戦時中に三二〇隻造られた。いずれも四〇ノットの高速力を出し、兵装は四五・七サンチ魚雷発射管四基をそなえている（後者は五三・三サンチ）。乗員一二～一四名。

3

午後八時四五分、先行するPT111号艇はサボ島南西二マイルの地点で日本駆逐艦を発見。目標の四分の一マイル近くまで急追し、魚雷四本をはなって退避した。

駆逐艦江風《かわかぜ》はお得意の夜戦始動とあって、艦長柳瀬善雄少佐以下全乗員が米国艦隊の夜襲にそなえていた。見張員の「敵魚雷艇発見！」の急報と同時に「撃ち方はじめ！」で応戦。一斉射でPT111号艇をたちまち撃破。同艇を大火災、撃沈してしまった。

同じくPT48号艇も魚雷を二本発射。引きつづき第二撃を江風にはなったが、いずれも命中せず、逆に撃破されて艇をサボ島海岸に座礁させて沈没をまぬかれた。

エスペランス岬北岸を哨戒中のPT115号艇も前記二艇と同じ辛酸をなめた。新参のジェームス・ホケリー予備少尉が艇長をつとめるPT37号艇の最期は、悲惨なものであった。駆逐艦からの砲弾は同艇のガソリンタンクへ直撃、木っ端みじんに吹き飛ばしてしまった。「爆発にともなう炎は赤々と暗夜の空と海を染め、彼らの魚雷命中の戦果を他艇に確信せしめた」と、米側戦史にある。

砲弾の飛沫が波に散るなか、PT47号艇は猛烈なスコールの遮蔽幕のおかげで、日本駆逐艦の正確な砲撃から逃れることができた。

さらに別の妨害があった。PT124号艇とPT123号艇の場合は、日本軍航空機の爆撃と銃撃にさらされた。これはラバウル基地の零式水上偵察機で、同日夕刻一六三〇、ショートランド泊地を発進。二機が第一次救出隊の上空直衛に飛来してきたものである。

零式水偵は性能優秀と海軍当局が折り紙をつけた傑作水偵で、乗員三名。武装は七・七ミリ機銃×一、二五〇キロ爆弾一、あるいは六〇キロ爆弾四発搭載。

両機はサボ島付近で突進する米軍魚雷艇八隻を発見。一機は分かれて六〇キロ爆弾を投下。これがみごとにPT124号艇の艇尾に命中。弱い艇体を分解してバラバラに破壊してしまった。他の一機も「敵駆逐艦を爆撃、これを撃退した」と日本側記録にある。おそらく魚雷艇の誤認であろう。
その他、エスペランス岬にむかった警戒駆逐艦風雲は「敵魚雷艇を発見。砲撃して撃退した」とあり、カミンボ岬では皐月《さつき》、長月両艦が付近を掃海中に米軍魚雷艇を発見。これを砲撃し、撃退した。さらに別の二隻を発見し、砲撃を加えた。戦果は不明とある。

米軍魚雷艇が執拗に夜襲をくりひろげるなか、小柳冨次少将は強引に陸兵救出隊を進攻させた。午後八時、分離したカミンボ隊は警戒隊皐月、長月二隻が先行し、つづいて輸送隊、
第十六駆逐隊　時津風、雪風
第八駆逐隊　大潮、荒潮
が午後一〇時入泊し、陸兵収容を開始した。
エスペランス岬にむかった一、二番隊は警戒駆逐艦舞風、江風、黒潮および白雪、文月が午後八時五七分、米軍魚雷艇を駆逐し、輸送隊は、
第十駆逐隊　風雲、巻雲、夕雲、秋雲
第十七駆逐隊　谷風、濱風、浦風、磯風

がそろって入泊し、作業を開始した。

輸送隊巻雲は曳航した大発と搭載した小発を陸軍側に引き渡し、警戒隊に編入されて米魚雷艇の排除にむかったが、ツラギ沖にまで追撃して反転。ふたたび担当哨区にもどったところ、敷設された機雷に触れて爆発し航行不能となった。

米軍機雷はマーク一二型磁気機雷と呼び、重量七五〇キロ。触雷すれば小型艦なら吹き飛んでしまう威力がある。巻雲は艦尾で大爆発。夕雲が救助に駆けつけて〝横抱き〟に曳航し、五～六ノットでカミンボ岬まで北上したが、ついに浸水はなはだしく夕雲の発射魚雷により処分された。

第一次撤収はエスペランス岬地区では午後九時四〇分から、カミンボ岬地区では午後一〇時から駆逐艦群より派出された大発、小発、折畳舟などを使って、開始された。

第一次撤収組では、

第三十八師団、軍直轄部隊の一部

海軍部隊及び患者

を指定し、さきに上陸、作戦展開し敗北した第二師団残留組を第二次撤収組に後回しした。

この順序については第十七軍司令部の百武軍司令官名で出された命令によるものだが、全戦線で壊滅状態にあった第二師団将兵にとっては非情の処置と受けとめられた。もし仮に、第一次撤収が成功裡に終わったとしても、日本軍「撤兵」の意図を知った米軍側が大攻勢に転じ、一挙に決戦の大勝負に出ないはずはないからである。いずれにしてもその場合、第二師団側の全滅は必至で、結局自分たちは〝捨て石〟にされたも同然とみた。

一方の第三十八師団側では、師団長佐野忠義中将以下幕僚たちも「軍司令官がその気であれば、われわれは従う」と首をタテに振った。反撃する気負いどころか、将兵ともども飢餓地獄におちいって体力、精神力そのものが消耗しきっていたからである。

夜陰にまぎれて救出海岸に駆けつけた駆逐艦乗員たちが見たものは、そんな陸兵たちの想像を絶する異様な光景であった。

第四章　奇跡のガ島撤収作戦

巧みな脱出作戦

1

「海戦史上、日本軍によるキスカおよびガダルカナルの撤退ほど巧妙なものはかつてなかった」

米海軍史家サミュエル・E・モリソンは自著のなかで、このように賛辞の文章を記している。と同時に、この撤退の成功は戦争に勝利をもたらすものではなく、このように撤収された軍隊の大部は飢え、傷つき、病に苦しみ、帝国の軍隊にもはや役に立たないものであった——と、辛口の追記を忘れていない。

ガ島攻防の日米抗争の発端は、最初に日本軍が設営したガダルカナル飛行場を米軍に奪取され、これを奪回すべく陸海軍の大兵力を投入して必死の作戦展開をしてきたものだが、攻勢の局面ではなく撤退の巧緻さで米側戦史家に賞賛されるのは、何とも面映ゆいものがある。

　撤収成功の原因としては、周到に準備された偽電工作、部隊移動のカムフラージュ、逆に米側首脳の過度の思いこみなどがあげられるが、現地日本陸海軍部隊の支援協力の数々も追記しておかねばならない。


　ガ島奪回作戦の攻防では、航空支援が徹底さを欠き、その間隙をぬって米側基地航空機の空爆をうけ、せっかく揚陸した物資、兵器、食糧などを波打際でむざむざ全焼失させてしまったが、「ケ号作戦」撤収部隊では上空直衛機の活躍で、輸送駆逐艦群の損害は予想以上に軽微であった。

　第一次、第二次の撤収作戦で瑞鶴戦闘機隊はのべ三六機の零戦を出動させ、「撃墜一三機」「同一五機、艦爆六機」（日本側発表）の戦果をあげ、米軍空爆機撃退の実効があった。味方被害は未帰還三、不時着水一機。

　第二次撤収では、平原政雄大尉指揮の九九艦爆隊九機が午後五時一五分、ブイン基地を発進。米側艦艇を攻撃のため索敵攻撃に出発する。途中で米軍戦闘機一二機と遭遇し空戦となった。九九艦爆は格闘性能も充分で、はやり立った平原大尉以下は即刻巴戦を挑み、その結果「米戦闘機四機、同艦爆二機撃墜」の戦果をあげている。味方被害なし。

「ケ号作戦」第一次撤収目的の第三十八師団（師団長・佐野忠義中将）将兵は、もともと東部ニューギニア戦線に投入される予定の精鋭部隊であり、重火器を中心とし、これをもって一挙にガ島飛行場奪回を果たすべく、最大の切り札として転用された兵力である。

大本営の期待通りになけなしの高速輸送船団一一隻を起用し、兵員、弾薬、食糧等を満載してみごとにガ島北西の海岸線に揚陸を果たしたが、過去にさんざん失敗を重ねてきたように味方航空機の掩護が充分でなく、むざむざ貴重な物資を上陸地点で米軍機の執拗な攻撃にほとんど焼き払われてしまった。

したがって、飛行場奪回に失敗した第二師団に取って代わって圧倒的な重火器と戦力で米陸軍と対抗できるはずの部隊が、食糧不足の丸裸同然の状態でジャングルに送られてきたのである。

上陸した兵力は七、六四六名。第一次撤収におうじて海岸線に集まった将兵は二、四七三名。約五千名の消耗である。最前線部隊で、彼らがどのような悲惨な飢餓状態にあったものか。

歩兵第百二十四連隊旗手小尾靖夫少尉の日記が明らかにしてくれる。

「けさもまた数名が昇天する。ゴロゴロ転がっている屍体にハエがぶんぶんたかってゐる。

どうやらおれたちは人間の肉体の限界まで来たらしい。生き残ったものは全員顔が土色で、頭の毛は赤子のウブ毛のように薄くぼやぼやになってきた。……やせる型の人間は骨までやせ、肥る型の人間はブヨブヨにふくらむだけ。歯でさへも金冠や充塡物がはづれてしまったのを見ると、ボロボロに腐ってきたらしい」

「立つことのできる人間は……寿命は三〇日間

身体を起して坐れる人間は……三週間

寝たきりで起きれない人間は……一週間

寝たまま小便をするものは……三日間

ものいはなくなったものは……二日間

またたきしなくなったものは……同日

ああ、人生わずか五〇年といふことばがあるのに、おれはとしわずかに二二歳で終るであろうか。

(昭和十七年)十二月二十七日」

小尾少尉の日記は「餓島《ガ》」窮乏の象徴として戦史にしばしば引用されるが、精鋭部隊であるはずの第三十八師団の実情がいかに苛酷なものであったか、これでよく理解できることだろう。

――エスペランス岬沖三〇〇～五〇〇メートルに錨泊した第十戦隊八隻の輸送駆逐艦へは、大発、小発、折畳舟に満載されたこうした各連隊の飢餓と戦闘に疲弊した兵隊たちがつぎつぎと乗りこんできた。

救出された兵隊たちの状況は、悲惨の一語につきた。全員が骨と皮のやせ細った身体で、眼が異様にギョロリと鋭い。海岸線では、艇員たちが陸兵を手で引っ張りあげ、彼らは駆逐艦の舷側に横づけすると、垂らされた網をつたってよじのぼる体力がない。何度か飛びついて辛うじて網にしがみつくが、なかには身体を支え切れず海中に転落する者が出た。暗い海にドボンと水音がするが、だれも助けることができない。

第十戦隊司令官小柳冨次少将は、救出された陸兵たちが暗夜に海上に転落してゆくさまを痛々しく眺めていた。何よりも衝撃的だったのは、甲板によじのぼってきた陸兵たちに喜怒哀楽の表情すらなく、能面のように夜目にも真っ白な、無表情な様子である。

「助かったぞ！」

と艦上の海軍兵たちと手を取り合って感激するような場面はいっさいなく、無表情に汚れ果てた服のまま、ぐったりと甲板に横たわっている。

「どれも、これもデングやマラリヤにやられ、どこの便所も帯を解いて番を待っている行列だ」

と、小柳少将はガ島守備隊の惨めな情景を手記に書いている。軍医長が大声でさけんでいるのが聞こえた。「おいみんな、艦に救出された者は消化機能をめちゃくちゃにやられとる。ご馳走でなく、まずカユを食わせるだけでいいぞ！」

収容完了はエスペランス地区が午後一一時三〇分、カミンボ地区は正一二時であった。第一次撤収に成功した結果、輸送駆逐艦八隻には陸軍五、一六四名、海軍二五〇名が収容された。

だが、海軍側は指定した乗船日の予定を一日繰下げたため、集結した部隊は密林内で一日待機態勢となった。肝心の当日夜、集結におくれた者はエスペランス岬で一、二七〇名。カミンボ岬では、大発がリーフ越えに転覆をくり返し、三〇〇名がこれも所定時間切れで取り残されることになった。

また、こんな悲劇も生まれた。第十七軍命令では撤退の秘密厳守のため、連隊長クラス以外には「駆逐艦に収容後、ルンガ方面に転進して敵飛行場攻撃にむかう」との偽の命令を伝達していたため、集結地にようやくたどりついた病兵が独力での斬りこみは不可能とみて、ピストル自決をはかるという一幕もあった。

この後、ガ島をはなれた第一次撤収部隊はニュージョージア島東方海面で米軍戦爆三〇機の空襲を受けたが損害はなく、翌日午前九時、ショートランド泊地に帰投、午前一〇時三〇分、ブーゲンビル島エレベンタに全員が上陸。「ケ号作戦」第一次は大成功裡に終了したのである。

2

第一次撤収が完了し、駆逐艦部隊がショートランドに引き揚げた後でも、ガ島守備隊の米陸軍幹部たちはこれを「北に向けての退却」ではなく、「南に向けての増強」とみた。

日本軍が去ったタサファロング岬海岸には二月三日の攻勢で米軍が手中にした日本軍の放棄した無線局、大きく破壊された機械工場、一〇個の砲の部品などが散見されたが、これは再開された攻勢のための整理と考えられた。

これは撤退に当たって、第十七軍司令部がカムフラージュのために投入した矢野大隊（大隊長矢野圭二少佐＝歩兵一個大隊基幹）の果敢な抵抗が米軍の攻勢に二の足を踏ませた理由にもよる。

矢野大隊長は中国戦線での武漢三鎮の攻略などで勇名を馳せた人物で、兵力は七五〇名。小銃三中隊、機関銃一中隊、山砲一中隊の編成で、一月十四日に無事ガ島タサファロング入泊後、精鋭部隊として第二師団残留兵とともにママラ川左岸陣地を確保。そして矢野大隊はボネギ川東岸に後退し、連日にわたって猛烈な抵抗をつづけた。

当時米軍は兵力五〇、〇七八名。ヴァンディクリフト少将に代わってアレグザンダー・パッチ陸軍中将が指揮をとり、アメリカル師団、第二五師団、第二海兵師団よりなる新戦力に再構成されていた。パッチ将軍もこれら日本軍の「大攻勢」にそなえて戦闘指揮にも慎重にならざるをえない。

また、肝心の海軍側ハルゼー大将もまた日本側の偽電工作に乗せられて、「日本空母部隊」との対決にそなえて米空母、戦艦部隊を控置しておいたことが「ケ号作戦」の成就に大きく寄与したことはまちがいない。ブイン基地からしばしば空母部隊搭載機が戦爆あわせて出撃してきたことも、背後に日本軍機動部隊の存在を疑わせて、いわば〝怪我の功名〟となった。

——二月四日、いよいよ「ケ号作戦」の第二次撤収日である。

総指揮官は第一次と同じ橋本信太郎少将。旗艦は白雪で、新たに朝雲、五月雨が駆逐隊に加わり、合計二〇隻。輸送駆逐隊は小柳冨次少将が指揮をとる。

この日ほど、橋本少将が悲壮な覚悟をさだめたことはなかったろう。ドラム缶輸送五〇回の剛毅な司令官も、敵情によると予期した通り、米機動部隊がバラレ島南東海域に出現し、往路、復路とも熾烈な航空攻撃にさらされる可能性が出てきたからだ。

第一報は二月二日午前九時一〇分、ラバウルを発進した陸攻哨戒一五機のうち一機が「敵空母見ユ」と報じてきた。

「敵ハ空母一ヲ基幹トス……地点バラレ一一五度四七三浬《カイリ》」

つづいて別の一機が「敵輸送船団、バラレ一一五度四七二浬」と報じ、さらに一機が緊急信を発したまま、未帰還となった。

翌日もラバウル発進の陸攻機は「戦艦一、巡洋艦三、駆逐艦六隻」をバラレ一二六度五五〇カイリに発見。また同一二一度六二〇カイリに「空母一、駆逐艦三隻」より成る米機動部隊発見を打電してきた。

これら事態の急展回に当たって、南東方面艦隊の新長官、草鹿任一中将はただちに行動を起こした。ブナカナウ〝山の上飛行場〟に待機中の第七〇五陸攻隊一四機に雷撃装備をしたうえ、索敵攻撃を命じた。

指揮官は中国戦線で中攻隊の名隊長として喧伝された三原元一少佐。

三原少佐は中攻隊育ての親ともいうべき功労者で、指揮官として「優れた着眼、適切な判断、迅速な決心、そして決然たる断行」をモットーとし、自身でも連続七回無休の全機出撃をなしとげたことがある。横須賀航空隊に転じてからは兵学校二期下の桧貝《ひがい》襄治少佐とともに新式の一式陸攻による雷撃術の研鑽《けんさん》にはげんだ。兵学校五十五期卒。呉一中出身。

日米開戦後、南方戦線で指揮官不足が訴えられるなか、人事当局が士気振作の目的であえて三原、桧貝の両雄を三沢空（のちの七〇五空）、美幌空（同七〇一空）飛行長に送りこんできたのである。

両指揮官を最前線に迎えて、中攻隊搭乗員たちは大いに奮い立ったことはまちがいない。だが、苛酷な戦場は歴戦の名隊長をいつまでもその栄光の座にとどめておくことはない。さる一月二十九日、レンネル島沖海戦で被弾した桧貝機は炎の尾を引きずったまま米艦に突入を敢行。後続の中隊長機から、「指揮官機、敵艦に体当たり」を報じてきた。

三原元一少佐にも、同じ運命の日がやってきた。

二月二日午後〇時四〇分、米空母部隊を索《もと》めて、七〇五空陸攻隊一四機が魚雷を抱いてラバウル基地を発進した。長距離攻撃行だが、ちょうど目標到達時には日没前の薄暮で、米軍戦闘機の妨害も効を奏さない頃合いである。だが、折悪しくソロモン海域は天候悪化の予兆があった。

三原少佐は出撃前、飛行隊長を降ろし自分が往く、と強引に指揮官機に乗りこんだ。見送りにきた七〇六空飛行長巌谷二三男少佐が、三原少佐のいつもの銀飾りのある短刀を無言でベルトにはさむ姿を見て、「何かしら不吉の影がさすのを感じた」と追悼録に記している。

やはり、その予感は正しかったようである。ガ島周辺の天候は雷雲に閉ざされて視界は悪く、往けども往けども暗雲が垂れこめて視界が悪い。ついに索敵攻撃を断念し、帰途は雲上に出て夜空に雷鳴のきらめくソロモン海を北上して、ラバウルにむかった。ブナカナウ基地上空も、折悪しく荒れ模様であった。雲上を飛行してちょうどラバウル上空あたり、眼前に大積乱雲がせまり、三原隊一四機は全機が木の葉のように揺れ動いた。

指揮中隊のうち、一番機のすぐ左後方を飛んでいた二番機の右プロペラが三原機の左翼を叩き、同機は一瞬のうちに火に包まれて雲中に姿を消した。これが、三原少佐の最期の姿であった。

「桧貝さんのあとを追うように、彼がうち立てた不滅の偉勲もろとも南海に消え去った」

と巌谷少佐は惜別の一文をしめくくる。

結局、翌日の索敵攻撃行も失敗におわった。

3

二月四日午前九時三〇分、橋本少将のひきいる第二次撤収予定の駆逐艦部隊二〇隻はショートランド泊地を出撃。旗艦白雪を左先頭に一〇隻ずつ二列の隊形をとり、ガ島への中央航路を一路南下した。

午後一時五二分、左舷前方より米軍機の一群がせまりつつあるのが望見された。その数は戦闘機四一機に護衛されたＳＢＤ『ドーントレス』急降下爆撃機、ＴＢＦ『アヴェンジャー』雷撃機あわせて三三機。これらが二波に分かれて日本艦隊上空に殺到した。

これらを邀え撃ったのが、瑞鶴戦闘機隊一五機である。納富隊長以下零戦隊に課せられていた任務は、まさしく橋本第二次撤収隊の上空直衛であった。

前日来、ブイン基地に進出していた瑞鶴隊は午後一時、同基地を発進。平原政雄大尉以下の九九艦爆隊九機は別命により待機中で、納富隊は駆逐艦列の上空直衛だけの任務につけばよい。

第一中隊長納富健次郎大尉以下、第二小隊長吉村博中尉、第三小隊長奥川昇上飛曹の八機。第二中隊長荒木茂大尉以下、第二小隊長岡本恭三上飛曹、第三小隊長重見勝馬上飛曹の七機。合計一五機が午後一時、ブイン基地を飛び立った。

第一次撤収時にはガ島上空の混戦で味方に二機の未帰還機が出ているので、斎藤三郎飛曹長は「警戒をおこたってはならぬ」と自戒して、この日の出撃に臨んだ。斎藤機は吉村中尉の二番機ではじめてのペアであったが、この若い小隊長は「よろしく頼む」と屈託のない表情で笑いかけたまま、とくに注意事項はなかった。

ブイン基地を発進してチョイセル島を左に見て、ルッセル島を望見する位置にまで南下する。イザベル島との中間地点に、無数のウェーキが弧を描いているのがみえた。橋本少将の第二次撤収組駆逐艦群が米軍機の攻撃にさらされているらしい。

納富隊長機が「攻撃セヨ！」と手先信号で編隊の解列を命じると、第二中隊長荒木大尉も二番機大倉茂上飛曹、三番機駒場計男飛曹長とともに米軍戦闘機の群れに突入して行った。

米側は海軍グラマンF４F戦闘機だけでなく、陸軍ベルP39エアラコブラ、カーチスP40ウォーホーク型戦闘機グループも参戦しており、日本側の応援二〇四空零戦一二機も加わっての大混戦となった。

米軍戦闘機が零戦部隊との巴戦に入っているなか、SBD急降下爆撃機隊は眼下の日本駆逐艦列にねらいをさだめた。

二列の駆逐艦隊列のうち、左側は旗艦白雪を先頭に警戒駆逐艦九隻が続航する。一番隊先頭の白雪、つづく黒潮がSBDの攻撃をうけ、黒潮に若干の被害が出た。二番隊朝雲、五月雨《さみだれ》、三番隊舞風、江風《かわかぜ》とつぎつぎに投弾の標的とされたが、いずれも艦長の巧みな操舵で被害を生じなかった。

運悪く舞風に至近弾が炸裂し、艦体に異変が生じて航行不能となった。カミンボ岬への救出予定の警戒駆逐艦長月が介添役として接近。ショートランド泊地への曳航を引き受けることになった。

斎藤飛曹長の零戦が目標としたのは、これらSBD急降下爆撃機の編隊であった。彼らが急降下する直前に後上方から接近すれば、撃墜は容易だろう。一撃目、二撃目……三番機藤井孝一二飛曹とともに銃撃を加えるが、なかなか火を噴かない。かえって後部機銃手の七・七ミリ旋回銃二梃の標的にされて、危険だ。巧みに射弾をかわし、第三撃目にようやく射止めた。くるくると黒煙を噴きながら、SBDは海に墜ちて行く。

つぎの瞬間、射弾が機側をかすめた。とっさにふりむくと、グラマンF4F戦闘機四機編隊がぴったり背後にせまっている。ずんぐりと黒いカブト虫状の風防が至近距離にみえた。瞬時に急反転し、零戦得意の〝ひねり込み〟戦法で四番機の背後にまわる。一連射で火を噴かせると、つづいて三番機の後尾につく。

だが、その間にも一番機は素早く回りこんで、ピタリと背後の位置につく。さすがに米海軍機の小隊長だけに運動神経も抜群の猛者だ。

——小癪《こしやく》な奴め！

手強い奴だと一瞬頭をかすめて、つぎは自分の番だと背後に回りこもうとすると、巧みに軸線をはずして急角度でふたたび背後へ。くるくると何回かたがいに背後に回りこもうとし、空中での巴戦をつづける。気がつくと、高度は三〇〇メートルにまで下がっていた。ようやく致命的な打撃をあたえて、戦場を離脱する。早く上空の乱戦場にもどらなければ、と思いながら急上昇すると、はるか前方を矢のように突進して行く米陸軍機が見えた。P39型『エアラコブラ』だ。

細長い機首に突き出た三七ミリ機銃一梃を持ち、両翼に一二・七ミリ銃を四梃装備した強力な破壊力の戦闘機だ。その目ざす相手は格闘戦中の零戦である。

――危ない！　やられるぞ。

思わず、暗い予感が走った。全速で駆け寄っても距離が遠すぎる。ハラハラしながら見守っていると、P39型戦闘機の機首から銃撃の火花が見えた。急旋回中の零戦をとらえたと思った瞬間、機は大爆発を起こして空中から跡形もなく消えていた。

あとでわかったことだが、これが重見勝馬飛曹長機で、操練二十期卒の古参搭乗員であった。南太平洋海戦では第二次攻撃隊員として空母ホーネット攻撃に参加。空戦により九機撃墜の戦果をあげている。

4

上空直衛の零戦隊が米軍機の来襲を妨害したおかげで、橋本駆逐艦隊は舞風一隻の被弾だけですんだ。予想外に軽微な味方艦の損傷である。第一次戦闘では、他に司令駆逐艦白雪が機関故障し、またしても橋本少将は指揮を小柳少将にゆずり、洋上で江風に移乗して本隊を追うことになった。

米軍機が立ち去って三〇分を経過したころ、南側の雲間に二十数機の機影が見えた。左側隊列の三番目、警戒駆逐艦黒潮の渡辺喜代治二曹は対空機銃の銃座にあって、

――味方零戦がもどってきたぞ。

と安堵しながら機影をながめていた。味方零戦の大活躍で、米軍の雷爆撃機はほとんど攻撃成果もあがらず追っ払われてしまったからだ。彼らが立ち去った後も、上空直衛にもどってきてくれたらしい。

そんな甘い期待を裏切るように、一群の先頭機がいきなり急降下をはじめた。見張員が「敵艦爆、本艦直上！」とＳＢＤ『ドーントレス』爆撃機が目標を黒潮にさだめたことをつげる。

間髪をいれず、艦長宇垣環中佐が「対空戦闘！」を下令し、投弾をさけるために急速転舵を命じる。

「取舵一杯！」

黒潮は舵を左に取り、急回頭して投弾を回避する。右舷側にすさまじい爆発音がして、高い水柱が立った。

つづいて二機目が急降下態勢にはいる。「伏せ！」とだれかが怒鳴る声がして、渡辺喜代治二曹も思わず機銃台の旋回ハンドルに上半身ごと倒れこむ。棒で殴られたような爆風と頭からかぶさった滝のような海水……。

米軍機の攻撃はつぎからつぎへと止む気配がない。味方零戦はとうの昔に基地にもどったものか、上空を乱舞するのは翼の両端に描かれた星のマークばかりである。

米軍機の攻撃は午後二時五分から同三時四五分までつづいた。最後の一機が投下した爆弾は後部の海面で炸裂したが、あまりに至近距離だったので、三番砲塔の砲員たちを爆弾片で負傷させた。その被害は予想外に深刻で、応急治療室となった艦中央の士官室では、「目を覆うばかりの」悲惨な負傷兵が多数収容されていた。

「私は士官室のなかへ足を踏み入れたとたん、全身が電気にでも撃たれたように硬直した」

と、渡辺二曹の回想文はつづく。機銃員である彼も爆風で負傷したため医務科の治療を受けようとしたのだが、爆弾片で死傷者を出した砲員たちの惨状は、手足をもがれ、全身大やけどのむごたらしさで、「悲惨というより恐怖に近い感情」が芽ばえたと記している。

戦史上は「黒潮の損害は軽微」とたった一行ですまされているが、その実情は「正視に耐えない」恐ろしい光景であった。

米軍機の来襲はこれで終止符を打ち、途中零戦の潤滑油洩れでムンダ基地に不時着した斎藤三郎機は、整備のうえ翌朝ブイン飛行場へ。納富、荒木両中隊長機も無事に基地に帰着している。味方被害、零戦一機未帰還、一機不時着水。戦果は戦爆あわせて、撃墜一三機。

米側記録によると、被撃墜一一機（うちTBF四機、SBD三機、F4F三機、P40一機）。

小柳冨次少将の第二次撤収組輸送駆逐艦は予定通りに午後八時五〇分、タサファロング沖に入泊した。

――ところで、発動機異常で途中ムンダ基地に不時着した斎藤飛曹長機は、整備員の話でエンジンの潤滑油が洩れ、「あと五分でオイルがなくなり、エンジンがダメになりましたよ」とつげられた。

零戦は優秀な戦闘機だが、発動機のオイルが洩れやすく、艦内工場で一作戦ごとに全発動機を分解修理するのだが、ムンダやブインなどの前線基地では作戦出動が絶えまなく、果たして完璧な整備点検が可能なのかどうか、疑問に思われた。この日も機体の筒温《とうおん》計は二三〇度の異常をしめし（注、通常は一八〇度）、放置すればエンジンが焼けつく可能性があった。

また、斎藤飛曹長を不思議がらせたのは、第一次、第二次撤収のための大規模航空支援ではかならずガ島上空に予期したように米軍戦闘機群が対日戦闘のための布陣をしいて待ちかまえていることであった。

——情報が洩れているのではないか？

当然すぎる疑問であったが、司令部でもとくに調査、探索した気配がない。それにも理由があった。負ける気がしないのである。

昭和十八年春の段階で零式戦闘機は圧倒的に優勢で、グラマンＦ４Ｆ、Ｐ39、Ｐ40型戦闘機相手ではたとえ劣位の空戦でも即座に優位に転換できる性能と操縦技術があった。航空技術廠のテスト・パイロットで、当時ブイン基地の二〇四空飛行隊長の小福田租大尉は「ソロモン方面で活躍した零戦二二型（注、二二型を航続力延伸したもの）で戦えばぜったい勝つ」と豪語し、「相手が味方の倍であってもほぼ互角、味方が三分の一ならば苦戦」という認識であった。

斎藤飛曹長がムンダ基地からブインへ、予定時間をはるかにおくれて帰投してきても、未帰還を案じる風でもなく納富隊長は「ご苦労!」と破顔一笑したきりであった。

救出された軍司令官の苦悩

1

二月四日午後八時五〇分、第二次撤収の輸送駆逐艦七隻は米艦艇の妨害をうけることなくタサファロング泊地に入泊。海岸線より五〇〇メートル沖に投錨し、すぐさま将兵の乗艦を開始した。

警戒隊の黒潮、朝雲、五月雨、舞風は先行して泊地掃討に向かい、さっそく爆雷投射に取りかかった。第一次撤収のさい、巻雲が触雷して損傷した経験により、米機雷を誘爆させる処置を取ったのだ。この日は月がなく、全くの暗黒で海上はやや波が高い。

指定区域で警戒隊は米軍の一機による空爆をうけたが、攻撃はこれのみで被害はなかった。

案じていた米軍魚雷艇の攻撃は皆無であった。事前の情報により、ラバウル基地の零式水偵七機が午後七時三分、ショートランド泊地を出発。撤収完了までサボ島付近の米魚雷艇基地をくり返し銃撃。航跡を発見するや、ただちに攻撃。魚雷艇の出撃を不可能にさせた。零式水偵分隊長の峯松秀男大尉の証言によれば、

「第一次撤収のさい、高速航進する魚雷艇の白いウェーキを目印にさんざん叩いたので、この日、敵は水偵に気づくとエンジンを停止し、波を立てないようにしてわれわれの発見を困難にした」

という。逆にいえば、零式水偵が警戒飛行中は米軍魚雷艇は活動を停止した状態のままであった。

一方、豪軍沿岸看視員《コースト・ウオッチャー》は開戦前からソロモン群島に配置され、日米開戦後に日本海軍がラバウル攻略に踏み切った段階で密林に逃げこみ、現住民を組織してゲリラ活動を展開、情報収集を盛んにおこなった。また、彼らは濃いジャングルにひそみ、ソロモン群島各地から日本軍の動静を逐一本土に打電した。

たとえば、日本側攻撃隊が未明にラバウル基地を発進し、ブーゲンビル島を南下してガ島攻撃に向かうとき、密林内から攻撃機数、方向、予想到着時刻などを克明に打電する。発信内容は豪州メルボルン基地から米軍司令部に転電され、ガダルカナル守備隊へと通報される。水上艦艇も同様で、ショートランド泊地を出撃するや、ただち

に艦隊編成、隻数が米側に探知される。準備し、態勢をととのえて待ちかまえる敵のなかに突入して行くわけだから、日本側は圧倒的に不利になる。ガダルカナル戦は、日本側のこんなハンディキャップの下で戦われたのだ。

第一次、第二次撤収作戦も事前に豪軍沿岸看視員によって、ショートランド出撃の瞬間から米側に通報された。だがこれは、日本側の撤退作戦ではなく大規模攻勢の一環と錯誤したお陰で、米軍ガ島司令部は本格的反攻を手控えたのだ。

エスペランス岬では、第二次撤収の第三十八師団将兵の乗船作業が順調におわったので、第十七軍、第二師団各司令部首脳は日没とともに移動を開始。上陸予定海岸に集結した。兵員も同様で、「整斉と乗艦を開始した」と公刊戦史の記述にある。

第十七軍司令官百武晴吉中将、参謀長宮崎周一少将、松本博高級参謀以下軍司令部は輸送駆逐艦磯風に乗艦し、第二師団長丸山政男中将以下師団参謀たちは同濱風に分かれて乗艦。午後一一時ややすぎてガ島北岸をはなれた。

撤退にあたって軍司令部は、その意図を米側にさとられないように残置物件のいっさいを地中に埋め、宿舎施設の小屋もすべて焼却して清掃された。大がかりな焼却作業も沈黙裡に進行し、施設小屋跡も何事もなかったような平地にもどされた。

もう一つ。第二次撤収作戦の成功の陰に、現地に残留し、あたかも第十七軍が新たな積極攻撃に転じるかのようにカムフラージュする必要があった。いわゆる「残留部隊」で、一身を犠牲にして味方陸兵たちを無事脱出させるという、誇り高いが残酷な任務である。

百武中将名による命令文は、以下のようなものである。

「第二師団ハ矢野大隊及第一海岸警備隊（注、松田教寛大佐直率）ヲ残シ、主力ヲ以テ予定ノ如ク二月二日日没後『ボネギ』河左岸陣地ヲ撤退シ『エスペランス』及『カミンボ』ニ集結スベシ」

矢野大隊は第一次撤収のさいにも、第三十八師団将兵の脱出を容易にするために犠牲となって第一線に投入された、矢野桂次中佐以下七五〇名の部隊である。

当時米軍はボネギ河右岸陣地に攻勢をかけ、推定一、〇〇〇名の兵力で戦車をともなう砲兵と迫撃砲の攻撃を加えていた。

日本軍は同河左岸地区に撤退し、新陣地を構築し矢野大隊も同地で抵抗をつづけた。松田教寛大佐は歩兵第二十八連隊長で、残置部隊を指揮する総後衛部隊指揮官である。彼らの任務はタサファロングの西、セギロウ以東にあって、なるべく遠く米軍攻勢を阻止し、第二次撤収を容易にする目的があった。

米軍新司令官パッチ少将は、ガ島北岸エスペランス岬への日本軍支援通路を破壊するために、同島南西岸に水陸両用部隊を上陸せしめる意図に出た。

二月一日、トラック、砲、弾薬を満載した米歩兵第一三二連隊、一個大隊兵六〇〇名の戦力である。カミンボ岬の左、マルボボに上陸成功した。

松田大佐は第二次撤退成功のため、これら東西からの攻勢を阻止すべく矢野大隊長に、「将校の指揮する約七〇名を第一線に残置し、敵の前進を阻止。主力は日没後マルボボに転進」を下令した。

矢野中佐は命令にしたがえば、第一線が突破されかねない戦況なので命令は命令とし、全部隊一丸となってボネギ河左岸を死守する覚悟で松田大佐の前を辞去した。第二次撤収を成功させなければ「全員玉砕を覚悟」と、眼前の矢野大隊長の悲壮な面持ちに気づいた松田大佐は命令を変更し、

「独歩を許さざる患者及戦傷者をボネギ左岸に残置。その他はセギロウ付近に後退」

を下令した。

二月四日は日米双方からの砲戦があり、上空では日本機の集中攻撃、夜半にはいってはルンガ飛行場爆撃と活発な戦闘がくりひろげられた。米軍はその後、ボネギ河右岸陣地に駐留したまま静穏を保っている。

四日夜、矢野大隊は新命令にもとづき、セギロウ川河口右岸に撤退を開始した。その折、第十七軍から派遣されていた参謀山本筑郎少佐より左の厳命がつたえられた。当時、第一線部隊にはどれほど非情な戦場におかれていたかは、ここに想像せられたい。

「一、患者は絶対に処置すること
二、残留者は機密書類を残さないようにして敵が来たら自決すること
三、総後衛の離島のための出発地点カミンボを秘匿すること
四、企図を秘匿すること
五、マルボボ付近の敵を撃攘するの要あること」

2

第十七軍司令官一行を乗せた駆逐艦磯風は夜半一一時すぎタサファロング岬をはなれ、全速力でショートランド泊地にむかった。

艦長袖浦純也少佐が舷側に立って百武中将を出迎えると、寡黙な軍司令官が声をかけるのをはばからせるほどに面やつれし、悲痛な表情で視線を返した。随行する宮崎参謀長の面持ちにも焦燥感と落胆の色がのぞき、袖浦少佐が「ご苦労さまでした」と声をかけるのがやっとの情況であった。

宮崎参謀長は第二師団撤収を真向から反対した人物である。前任は陸軍大学校教官で、支那事変では第十一軍作戦課長として勇名をはせた。その誇り高い陸軍エリート官僚にとって、ガ島撤収は無念の一語につきた。

輸送駆逐艦上の宮崎少将は自身の落魄した感情とは別に、収容された陸兵たちの表情には修羅の戦場から脱け出した安らぎの、ほっと一安堵した平安の感情がみられ、それを見守る将帥としても共感せざるをえない心境であった。

艦上の甲板を問わず中央通路のいたるところに陸兵が横たわり、足の踏み場もなかった。元気な者は無言裡に続航する駆逐艦群やソロモン群島に視線をはなち、しかしそうした感慨にふける者はごく少数で、残る大半は病身で無表情であった。

だが、南太平洋の陽光はまばゆく艦上に照り映えて、「久振ニ陽光ノ直射ヲ受ケテ楽メルガ如シ」と、同日付宮崎参謀長日誌の記述にある。

帰途の航海では、こんな哀切な悲劇を目撃した。――宮崎少将が甲板上を視察していると、病兵を介護している兵隊がいた。見ると、病兵は息が絶え、顔色は土気色の死相が浮かんでいた。「どうか」と介護の兵にたずねると、病兵の胸に自分の手をあてがった兵は「まだ死に切れてません」と必死の表情で答えた。病兵の死体に当てたわずかな自分の手の温もりに、まだ戦友は死んでいないと考えているらしい。

二人の兵にどんな友情が存在したのか。遺体に手を当てたまましっかりと友の上半身を抱き抱えている兵隊の姿を見て、宮崎参謀長は胸がつまって何も言えず、その場をはなれた。

船室にもどり、同室の歩兵第十六連隊長につげると、船室外に出た堺吉嗣大佐はしばらくしてもどってきて、「介護されていた兵は水葬に付されました」と教えてくれた。

「戦友ノ情思フベシ」

と、宮崎日誌の記述はつづく。――おそらくは、あの戦友は友の兵隊を背に負うて舷梯を登ってきたのだろう、と。

磯風は翌五日午前一〇時四五分、ショートランド泊地に到着。ブーゲンビル島エレベンタに向かい、同島に上陸。収容された。

上陸点では、参謀本部からラバウル出張中の田辺盛武参謀次長、第八方面軍参謀長、第六師団長、船舶兵団長らの出迎えをうけた。田辺参謀次長は、現地司令官の反対を無視して強権を発動してガ島撤収を決定したものだから、釈明の気持もあったのだろうが、眼前に憔悴《しょうすい》し切った蒼白の百武軍司令官の表情を見て声をのんだ。

「敬礼、敬礼、無言、無言」

陪席した宮崎参謀長は、たがいに無言で立ちつくす両将の万感の思いを日誌に書きつけた。

「互ニ感慨ノミ、沈痛ノ風ノミ」と――。

3

百武晴吉中将は敗残の身を駆逐艦上にさらして病兵たちと一緒に脱出したが、元より生きて再びラバウルの地を踏む気持はなかった。

だが、軍司令官には上陸したエレベンタを確保し、ブーゲンビル島南東部を拠点として北部ソロモン群島を中心として戦力を再興、爾後の作戦を準備する必要があった。

すなわち、撤収した第三十八師団、第二師団の主力をブーゲンビル島南東部に集結させ、すみやかなる戦力回復をめざすのである。

撤収方針策定直後、エレベンタの第十七軍司令部を訪れた第八方面軍司令官今村均中将に百武司令官は自身の始末を訴えた。

第八方面軍は昨年十一月の戦闘序列改編により、第二、第三十八、第五十一各師団および第二十一混成旅団を基幹とする第十七軍と、在ニューギニア部隊を基幹とする第十八軍ならびに第六師団等の方面軍直轄部隊より成っており、新司令官に今村均中将が補された。

今村中将は開戦直後、多難なジャワ攻略作戦を成就させた名将である。

百武中将は決死の覚悟を眼にたたえながら、

「こんな惨憺たる作戦におとしいれ、何とも申訳けありません」

と詫びてから、

「お一人だけに申し上げたいと存じます」

と言葉をつまらせた。今村中将は陸士三期先輩で、陸大でも五期上である。緊張しきった後輩のただごとならぬ面持ちに自室に招き入れ、麾下幕僚たちを遠ざけた。

百武中将の告白は、以下のようなものである。以下のやりとりは、今村中将日記の記録による。

「部下の三分の二を斃《たお》し、しかも目的を達しない。このような戦はわが国の歴史上にないことです。私がガ島で自決せずにここに収容されましたのは、一に生存者三分の一、一万人の運命を見届けるのが義務であり、責任であると思っています。つきましては、爾後の始末は方面軍でやっていただき、私をして敗戦の責任をはたさしめていただきます」

「お気持はよくわかります。自決して罪を詫びる気持を、私はお止めしません」と今村中将は穏やかだが、きっぱりとした口調でいった。

「自決することより、ガ島で戦死した、しかも餓死した一万五千の英霊のために、なぜこんなことになったのかの顛末を詳しく記述して後世の反省に役立てることが、あなたの義務ではありませんか。

また、すでに制空権を奪われている時機に、補給のことを軽く考えて三万の第十七軍をそこに投じた者の責任であるのでしょうか。二度とふたたびかように無謀な過失をくり返さしめないためにも、この百日間の実際を書き残しておかねばなりますまい」

当時の陸軍部内では決して口にできない最高統帥＝参謀本部への痛烈な批判である。

今村中将は陸大首席卒業のエリートで、イギリス駐在武官の経験も豊富なリベラル派であったから平然と口にできたのであろうが、はじめて耳にする陸軍中央への批判に百武中将は思わず涙を浮かべた。つみ重ねられた万感の思いを代弁してくれた心地であったろう。

この参謀本部批判は、田辺参謀次長が宮崎参謀長へ、自己批判もかねて告げている。二月五日、エレベンタでの出迎えの折、「今次の件申訳なし。他方面の第一線部隊長として死所を与えたし」と宮崎参謀長が詫びたのにたいし、「予みずからこうやってご奉公しあり、このたびの事はいっさい中央部の責任なり。今後司令官を補佐し健闘を望む」と声をかけた。

敗北が決まってみると米軍兵力、とくに航空戦力を下算した陸軍中央が兵力を小出しにし、結果的には投入した戦力のことごとくを揚陸海岸で焼失する大失態を演じたことに大敗の真因があるのであって、衆目の一致するところ現地軍司令官、幕僚の責任ではなかった。

百武中将も今村軍司令官の親身なる説得に応じ自決を思いとどまったが、涙のうちに「時機については熟慮する」となお自決の意図を変えなかった。

だが、死所を得ることなく煩悶の生活を送るうち、一年後に脳溢血で倒れ、昭和二十年四月、第八方面軍付で敗戦をむかえた。戦後、昭和二十二年三月死去。享年五十八。

報われることのなかった晩節を、戦前からの海軍史家伊藤正徳はつぎのような一文を記し、哀悼の意を表している。

「かかる困窮の世界で、夜間無灯の幕舎に坐しておれば、自ら不幸不満のほとばしり出るのは人間の常態であろう。参謀は前線隊長の意気地なきをののしり、隊長達は参謀肩章の無能を酷評し、あるいは海軍の輸送力の貧困を難じ、または空軍の貧弱をあざける等々、ややもすれば、情ない状態を誘発する危険に見舞われていた。それらをなだめつつ、長期にわたり米軍の攻撃を食い止めた司令部将帥の苦心とその統率力とは、今の世の中では考えられないほどのものであろう」

第二次撤収作戦は収容人員、海軍五一九名、陸軍四、四五八名でおわった。合計四、九七七名。

「もう部隊は残っていないか！」

1

第三次撤収作戦の航空支援は瑞鶴戦闘機隊一三機、および基地航空部隊の二〇四空、二五二空零戦のべ四九機をもっておこなわれ、瑞鶴艦爆隊九機もこれに参加した。平原政雄大尉以下の九九艦爆隊である。

二月七日午前五時三〇分、発進。出発前に納富戦闘機隊長が手短に戦況を説明し、「前二回の撤収作戦は完全に成功した。今回の救出作戦でガ島陸海残兵救出の最後の機会になるから心してかかるように」と、いつものきびしい表情で通達した。といって、作戦成功の実を挙げているだけに目元に涼やかな笑いがある。

三日前、ラバウル基地には「ケ号作戦」の実施について、田辺盛武参謀次長から大本営にあてた報告電報の内容がつたわってきて、

「第一次　四、〇〇〇乃至五、〇〇〇

第二次　四、〇〇〇乃至四、五〇〇

後衛ト共ニ第三次輸送ヲ計画セラレアルモノ一、〇〇〇乃至二、〇〇〇ト推察セラレ当初ヨリ『ガ』島上陸総兵力ノ約三〇％ハ収容可能見込ニシテ特別ノモノヲ除

キテハ殆ンド全部撤収シアル状況ナリ」

と、予想外の快挙となったことが海軍側にも伝達された。

そしてこの日、索敵機からはサンクリストバル島南方一八〇浬付近に「戦艦二隻、重巡二隻、軽巡二隻からなる敵水上部隊」を発見。さらにその西方六〇浬付近に「空母一隻ヲ含ム敵機動部隊」を発見、いずれも距離が遠く天候異変もあり、攻撃中止となっていた。

米軍戦史によれば、これらは新鋭戦艦インディアナ、ノースカロライナ、ワシントンおよび巡洋艦三隻の主力部隊で、その西方六〇カイリには護衛空母シェナンドー、スワニー二隻が航行していた。ハルゼー大将はあくまでも日本側の再上陸ありとみて、兵力を集結。温存して、大攻勢をかけるつもりである。

したがって、ガ島近辺では五日朝、駆逐艦一隻を視認したほか、六日にも米水上部隊を発見していない。七日こそ、絶好の救出ラストチャンスだ。

「かかれ!」

いつものように納富大尉の第一中隊、荒木茂大尉の第二中隊一三名が列線に待機する零戦のもとへ駆け出して行く。夜明けの薄明のなか、ラバウル東飛行場から砂ぼこりを舞い立てて零戦隊が飛び立って行く。

納富中隊の第二小隊長斎藤飛曹長は二番機二杉利次二飛曹、三番機半田幸三飛長に警戒を呼びかける。陽がのぼり、南に下るにつれて厚い雲が張り出してきていた。

案の定、途中の洋上で平原中尉の艦爆隊九機が離別のバンクをし、基地に引き返していった。戦場上空はたぶん雨雲が張り出していて、急降下爆撃には不適な天候であった。

午前七時一〇分、艦爆隊全機がそのまま引き返して行った。同日午前一〇時一五分、ふたたびブイン基地めざして発進したが、平原艦爆隊としての成果はこの日皆無となった。

斎藤飛曹長はルッセル島の手前、ニュージョージア島の上空から南下する輸送駆逐艦の隊列を遠く視認した。三水戦司令官橋本信太郎少将麾下《きか》の第一連隊駆逐艦八隻、第十戦隊小柳冨次少将の第二連隊駆逐艦一〇隻がそれぞれ南方航路を通ってカミンボ岬、ルッセル島北端をめざして航行中であるのを確認し、上空警戒のため高度を低く下げようとした。米軍基地からの航空反撃には、まださらされていない。

瑞鶴隊は知らなかったが、陸軍側の舟艇機動案は松田教寛大佐の要請電により海軍側第八艦隊の駆逐艦カミンボ岬派遣で不要のものとなり、陸兵が洋上で全滅する危機はさけられることになったのだ。

派遣される駆逐艦は一八隻で、荒潮、大潮の二隻が加わっており、この背景には連合艦隊長官山本五十六大将の大いなる意志がはたらいていた。これで現地残留部隊指揮官松田大佐は、企図秘匿のためエスペランス岬以西への部隊の昼間行動絶対禁止、部隊をはなれ単独行動することの絶対禁止を厳命した。

米軍側は、日本兵の動きが沈静したことから新たな攻勢開始は無しとみて、マルボボ付近の陣地にたいし二時間ごとの定時砲撃を一晩中くり返し、ボネギ川方面の米軍は前進を停止し、さかんにセギロウ付近を爆撃し、海上からカミンボ付近に艦砲射撃がおこなわれた。

2

納富戦闘機隊長は増加タンクの燃料一杯分を使いつくすまで駆逐艦隊上空を警戒し、予定時刻がきたので、第二陣の零戦隊と交代した。

「敵ヲ見ズ」

同日付、『戦闘行動調書』には淡々と平穏な任務の一行が記されているのみである。

だが、異変は瑞鶴隊が去った午後からはじまった。一三一〇米B24型爆撃機が一機飛来してより、連続的な航空攻撃が開始された。午後三時四〇分、第二連隊小柳少将隊上空に米軍戦闘機、攻撃機約四〇機が飛来。ルッセル島にむけ進撃中の磯風が一番砲塔に被弾。後部にも一発被弾し、火災が発生した。上空警戒中の零戦隊がこれに飛びかかっていったので、あわてて投弾したのが命中したらしい。他艦に被害なし。

磯風は自力航行が可能であったので、江風護衛の下にショートランド泊地に反転した。

午後四時八分、第二陣の米軍機二十数機が来襲。同三〇分、浦風が至近弾をあびたが、他艦に異常なし。逆に対空砲火により、浦風が一機撃墜、五月雨《さみだれ》が二機撃墜を報じた。

午後五時三〇分、予定通り小柳少将の第二連隊八隻は分離してルッセル諸島バイシーン島の陸兵救出にむかい、橋本少将の第一連隊八隻は南方接岸航路をへて、カミンボ岬に直行した。

一番隊白雪、黒潮、二番隊朝雲、五月雨、三番隊時津風、雪風、皐月《さつき》、文月の編成である。各艦は乗船用縄バシゴ二個を用意、上空からさとられないように巻いて上甲板に固縛する。

出発前、一番隊の駆逐艦黒潮では、艦長宇垣環中佐が力強い奮励の訓示をおこなった。

「本日これより、ガ島将兵救出のため出撃する。飢えと疲労のため体力の衰えた将兵を一人でも多く帰還させなければならない。

諸君の冷静なる判断と沈着な行動によって、所期の目的を達成させたい。いっそうの努力と健闘を祈る」

機銃員渡辺喜代治二曹は、艦長訓示の真剣な表情に、「陸兵の飢えと疲労」——との意味がどのように深刻なものであるかについて、深くは考えていなかった。

午後九時二〇分、カミンボ泊地到着。途中敵らしい艦影、機影一つを認めたが、攻撃は受けず、「ガ島の戦局有利とみて、敵は安心しているのか」と思われた。

暗い海面は静かで、油を流したように波もない。予定通り固縛していた縄バシゴを

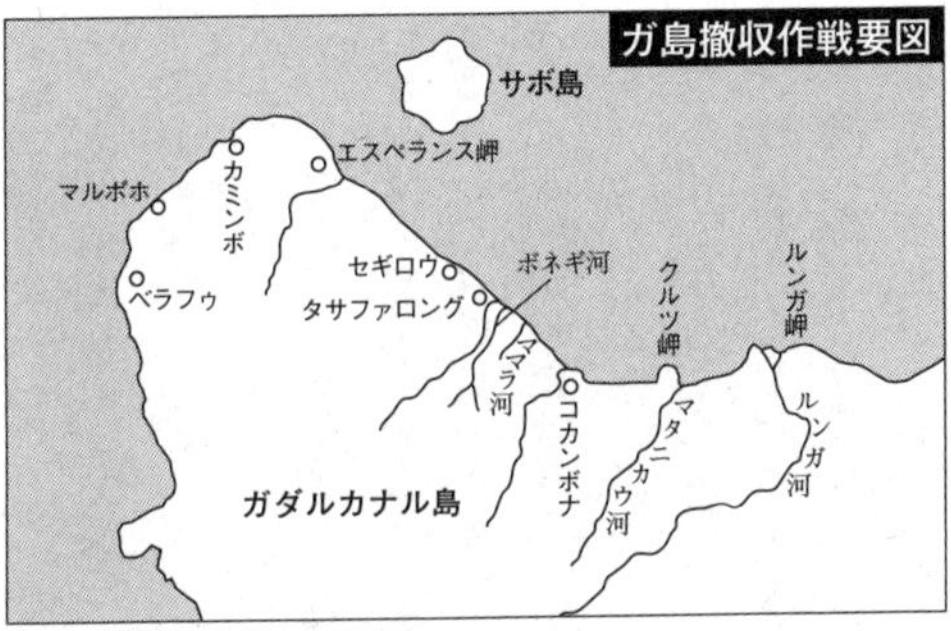

解き、後甲板の舷側に下ろす。救助員として十数名、各配置から選ばれて舷側に待機する。渡辺二曹もその一人で、息を殺して海岸から運ばれてくる大発の陸兵たちを待ちうける。

エンジン音がひびき、大発艇上から無数の懐中電灯の輪が見えた。光の輪が重なりあって近づいてきて、ぎっしりと詰めこまれた陸兵たちの姿が見えた。

大発が横付けされ、碁盤の編み目に組み上げられた縄バシゴに、蟻のように陸兵たちが群がって舷側をよじ登ってくる。——と見た瞬間、思いがけない衝撃的な光景に、渡辺二曹は息をのんだ。

どの兵隊も骨と皮ばかりに痩せ衰えて、縄バシゴをよじ登る力がない。途中で力つきたのか、ほとんどの兵隊が両手でロープを固く握りしめたまま、身動きが出来ない。思わず救助員の水兵たちが駆け下りて、両足をロープにからませて支え、両手で陸兵たちを抱くように甲板に押し上げる。おどろくような陸兵たちの身体の軽さだ。

飢えが重なり栄養失調になっていたのか、「これほどひどいとは思わなかった」と予期せぬ深刻な事態に打ちのめされた渡辺二曹は、つぎのような痛哭の回想文を記している。

「……亡霊のような兵士の身体を抱いた私は、飢えと闘い、ジャングルをさまよい歩いた兵隊の無念さを考え、胸が痛んだ。そのうえ抱きかかえたとき、吐き気をもよおすようなくさい臭いが鼻をつく。汗と垢が全身にしみついているのだ。どの兵隊もジャングルに隠れたきりで、太陽に当たってないせいか、色は白いようであった」

陸軍側が用意した大発は一五隻、小発一一隻。松田部隊はこれを四次に分けて、泊地と救出駆逐艦を行き来する。乗船に要する時間は一時間以内と決められていた。午後八時三〇分ごろ、泊地西側の海岸で猛烈な射撃がはじまり、炸裂する火光は凄絶をきわめたが、泊地の前方二キロを東進する米軍魚雷艇二隻の攻撃とわかり、大発に乗船待機する陸兵たちに一瞬の緊張が走った。だが、それもまもなくおさまり、午後九時すぎ、救出駆逐艦が姿をあらわす。

午後一〇時三分、松田教寛大佐は矢野大隊長ほか全員乗艦終了の報告をうけた。

「残留する部隊は残っていないか」

との松田大佐の気づかいに海軍側も心得て、駆逐艦からは艀《はしけ》を派出して海岸近くまで漕ぎ寄せ、

「陸軍の兵はおらぬか！」

「取り残された兵はおらぬか！」

と呼びつづけ、最後の一兵まで救出したことを確認して同二〇分、カミンボ岬を脱出した。救出人員、海軍側二五名、陸軍側二、二二四名。ルッセル諸島からは海軍側三八名、陸軍側三五二名であった。

3

連合艦隊司令部、現地第八艦隊司令部が総力をあげて実施したガ島撤収作戦「ケ号作戦」は、予期せぬ幸運にめぐまれて完全に成功した。

大胆な駆逐艦二〇隻の全力投入、暗号電報の秘匿、各通信隊の偽電工作、現地陸軍部隊の徹底した秘密厳守、矢野大隊の果敢な挺進攻撃、松田部隊の身代り戦術の成功など、日本側の巧緻をきわめた作戦実施が成就の秘訣といえそうだが、騙された米側の慎重すぎる対応も、見逃すことはできない戦史の不思議さである。

米側はハルゼー大将が二月七、八日をメドに日本側の主攻撃（海軍側空母二隻、戦艦五隻を基幹とする水上部隊、基地航空隊三〇四機、母艦機一五〇〜一七五機、陸軍兵力一個師団投入を想定）がありとみて、麾下海軍兵力、戦艦七隻、空母三隻、巡洋艦、駆逐艦多数をもって六個の戦術部隊を総動員し、ガ島南方海面に布陣した。

パッチ将軍の陸軍兵力もこれら海軍側の動きに呼応して、ルンガ岬東方約一五キロの広範囲に展開してエスペランス岬に上陸してくるはずの日本軍主力にそなえた。二月八日朝、その東側、タサファロング海岸に進攻した米陸軍部隊は海岸に放棄された大発、小発の群れではじめて日本兵脱出を知ったのである。

「世界の海戦の歴史において、これほど見事な撤退作戦はなかった」と、米海軍史家サミュエル・モリソン博士も手放しで「ケ号作戦」の完遂を激賞している。

米陸軍公式戦史は、準備はおこたりなく戦力をととのえ、用意周到に日本陸軍との最終対決にそなえていたものの、相手にその用意もなくさっさと逃げ去ってしまったことに虚をつかれ、口惜しさをにじませた文章を残した。

「（われわれの）計画は大胆だったが、実施ははなはだおそく、敵を完全に殲滅するという作戦目的を完遂することはできなかった」――。

日本側被害は駆逐艦巻雲沈没、同巻波、舞風一時航行不能であったが、当初南東方面艦隊司令部が予想した「駆逐艦の沈没四分の一、損傷四分の一」よりははるかに軽微で、山本長官が作戦決定のさい、「駆逐艦の半数はやられるだろう」と覚悟した決死の作戦にしては、まさしく僥倖《ぎょうこう》といえるものであった。

ただ戦史は、三次にわたる撤収作戦で米軍の進撃を食い止めたのは、最前線で〝単独歩行不能〟と判断され残置された将兵が、友軍の戦友たちの無事帰還をはたせるよう身命を賭して抵抗し、米軍の進撃を阻止した事実を指摘している。

彼らは「陸軍の兵はおらぬか！」との呼びかけを耳にしながら、最後まで自戦のたたかいをつづけて、ソロモンの地に果てたのである。

エレベンタに収容された第三十八師団（第三十五旅団中心）、第二師団の将兵は同地の宿営地、兵站病院等で再建をめざすことになった。といって、骨と皮ばかりの痩せ衰えた兵隊たちである。とても旬日のうちに部隊再建を達成することはできない。

二月十日午前七時、第十七軍司令官はこれら両師団の陸兵たちを宿営地に訪問し、兵站病院、兵器廠等を視察した。百武晴吉中将は今村軍司令官に自決の覚悟を訴える直前のことであったから、その面持ちは悲壮の一語につきた。ガ島攻防戦に敗れた陸兵たちも、万斛《ばんこく》の涙をのんで軍司令官の閲兵に応じたのである。

陸軍中央は第六師団に命じてブーゲンビル島南東端付近、一部でキエタ、ブカ島周辺の要域を確保し、参謀本部より派遣された第三（編制、動員）課長美山要蔵大佐はじめ陸軍省関係者六名の視察により、

一、第三十八師団の再建は装甲車中隊、歩兵連隊の乗馬小隊を廃止

二、第二師団は根本的に再建の要あり。内地よりの大補充。輸送留守師団との連絡、上級司令部の援助指南により今後一年は作戦警備に期待す

三、第三十五旅団の損耗大にして、第三十一師団の編成を急ぐ場合は第百二十四連隊を一部欠数として実施するを要す

との大要をまとめ、実施された。

昭和十七年八月から翌年二月にかけての六ヵ月間は、ミッドウェー海戦敗北後の第二段作戦実施にあたって、日本の陸海軍首脳部は壊滅的な打撃をあたえられていた。

その最大の衝撃は戦前に予想されていたものの、日本の国力を凌駕する圧倒的な物量差である。しかも、その質、量において米国ははるかに帝国陸海軍に勝っていた。その事実を指摘していたのは、当の第十七軍司令官百武中将自身であった。

しかしながら、最高統帥部はこれを軽視し、「彼我《ひが》の戦力比を単に頭数によっておこなったことはしばしばあった」し、米軍の戦力を至当に見ることを「弱音」と見る風があった。

日本軍の戦力を誇示するあまり、米軍の雲霞《うんか》のような火ぶすまに肉弾で立ち向かう場合、物質力によって支えられた精神力が化合して戦力となるのであり、

「この戦争における敵の火力発揮の実情は、その体験がなく、精神主義に徹していた指導中枢の人々にはついに想像ができなかったのではないか」

と、第八方面軍参謀の井本熊男中佐が指摘している。

井本参謀は山口県出身。昭和九年十月、陸軍大学校を卒業後、参謀本部作戦課に勤務。昭和十四年度、支那派遣軍司令部に転出したほかは参謀本部作戦課にとどまり、開戦時の日本陸軍統帥の現場をその眼で確かめてきた。同十七年十二月、ガ島攻防戦最終期、撤退作戦伝達のために、ラバウルの第八方面軍司令部参謀として派出された

人物である。

井本参謀がガ島最前線入りして打ちのめされたのは、ミッドウェー海戦大敗北にも関係なく、日本海軍そのものが陸軍兵力の輸送船による上陸作戦を護衛して、安全に揚陸させる能力に欠けていたこと、やむをえず小艦艇による輸送を敢行したが、それでは固有の戦力を備えた陸軍部隊を戦場に送りとどけることはできなかった、という悲惨な現実である。

また、陸軍は米国軍の力を知らずして極端に軽視していたこと、太平洋における作戦に関しては何らの知識も準備もなく、思慮ほとんど皆無のままに兵力を注ぎこんできたこと――ガ島の戦況を実感し、潰滅寸前の陸軍の惨状を身近に体験して、戦後この少壮参謀は痛烈な自己批判の一文を書く。

「ガ島作戦で最も深く自省三思して責任を痛感しなければならぬのは、当時大本営にありて、この作戦を計画、指導した、洞察力のない、先の見えぬ、而《しか》も第一線の実情苦心を察する能力のない人間共（原注＝吾人もその一人）でなければならぬ。

『再びガ島を繰返すこと勿れ』」

井本参謀回想は、自己反省の痛恨の一文をもってガ島撤収作戦の総括を試みているが、ただしガ島上陸の第十七軍将兵が優勢な海空軍に支援された三個師団基幹五万の米国近代精鋭陸軍にたいし、飢えと病に侵され機関銃、小銃、手榴弾だけの約一万の兵力で――いちおう各種行動の可能な者は三分の一ていど――米戦力に圧倒されながらも、なお陣地を支えつづけていたことである。

それは、あたかも一本の糸をもって巨巖の転落を阻止していたに等しい、と陸兵たちの強靭な精神力を称《たた》えることも忘れてはいない。「そのような状態にありながらも、軍の統帥系統は厳として保たれ、いささかの切断もなかった」と、元陸軍軍人らしい指摘には南溟に散った日本兵士たちの無念もいささか慰められるだろう。

軍司令官百武晴吉中将の評価について――。

井本中佐は、陸軍中央に第十七軍を撤退させず、最後まで抗戦させせようという強硬派が存在したことを指摘している。海軍も同様で、ガ島の将兵見殺しの考えがあったが、山本長官がこの消極論を打破したのである。

百武中将にガ島撤退論が伝達された段階で、最後の関頭《かんとう》に立っていた。第十七軍は万策つきて任務の達成望みなきにいたり、将軍の苦悩は絶頂に達していた。この命令にしたがうか、玉砕するか。部下の死をもっとも意義あるものにするために、断乎として命令にしたがい、その実現に努力する道を選んだ。

そのうえで、もし途中で全滅の運命に遭っても最後まで至上最高の大命にしたがって斃れたところに部下の全滅の意義は存在するという考えに透徹していた。

「前後三回にわたり筆者に私情を吐露せられた言葉には、肺腑をえぐるものがあった」と、井本中佐は追想している。

「百武将軍は通信の権威としては有名であったが、平素あまり目立たない人柄であった。目立たない人の中に、真の偉大な人がいる。百武将軍は文字通りの名将軍であった」

単行本　令和二年九月「ラバウル航空撃滅戦（第一部）」改題　潮書房光人新社

ＮＦ文庫

［空母瑞鶴戦史］ラバウル航空撃滅戦①

空母瑞鶴ソロモン前線へ

二〇二五年四月二十四日　第一刷発行

著　者　森　史朗

発行者　赤堀正卓

発行所　株式会社　潮書房光人新社

〒100-8077　東京都千代田区大手町一-七-二

電話／〇三-六二八一-九八九一㈹

印刷・製本　中央精版印刷株式会社

定価はカバーに表示してあります

乱丁・落丁のものはお取りかえ致します。本文は中性紙を使用

ISBN978-4-7698-3399-4　C0195

http://www.kojinsha.co.jp

NF文庫

刊行のことば

第二次世界大戦の戦火が熄《や》んで五〇年——その間、小社は夥しい数の戦争の記録を渉猟し、発掘し、常に公正なる立場を貫いて書誌とし、大方の絶讃を博して今日に及ぶが、その源は、散華された世代への熱き思い入れであり、同時に、その記録を誌して平和の礎とし、後世に伝えんとするにある。

小社の出版物は、戦記、伝記、文学、エッセイ、写真集、その他、すでに一、〇〇〇点を越え、加えて戦後五〇年になんなんとするを契機として、「光人社NF（ノンフィクション）文庫」を創刊して、読者諸賢の熱烈要望におこたえする次第である。人生のバイブルとして、心弱きときの活性の糧《かて》として、散華の世代からの感動の肉声に、あなたもぜひ、耳を傾けて下さい。